동물농장

초판 1쇄 발행 | 2022년 6월 10일

지은이 조지 오웰
옮긴이 이정서
발행인 한명선

주소 서울시 종로구 평창길 329(우편번호 03003)
문의전화 02-394-1037(편집) 02-394-1047(마케팅)
팩스 02-394-1029
전자우편 saeum98@hanmail.net
블로그 blog.naver.com/saeumpub
페이스북 facebook.com/saeumbooks
인스타그램 instagram.com/saeumbooks

발행처 (주)새움출판사
출판등록 1998년 8월 28일(제10-1633호)

ⓒ 이정서, 2022
ISBN 979-11-90473-87-3
ISBN 979-11-90473-75-0 04800(세트)

• 잘못된 책은 바꾸어 드립니다.
• 책값은 뒤표지에 있습니다.

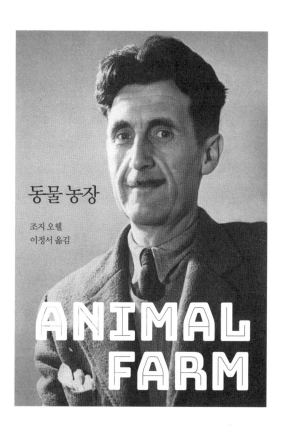

동물 농장

조지 오웰
이정서 옮김

ANIMAL
FARM

Ü

역자의 말

2022년 2월 24일 러시아가 우크라이나 수도 키이우를 공습하고 전면 침공을 감행하면서 벌어진 우크라이나 전쟁은 수많은 생명을 앗아가며 지금도 진행 중이다. 푸틴 러시아 대통령의 말 한마디로 시작된 이 야만적인 전쟁이 정말 21세기 대명천지에 벌어질 수 있으리라고 누가 상상이나 할 수 있었을 텐가!

이 와중에 문득문득 드는 기시감이 있었다. 이게 뭐였더라? 그리고 깨달았다. 그건 바로 소설 〈동물농장〉과 〈1984〉 속 장면들, 문장들이었다. 시대와 양상은 다르지만 본질적으로는 똑같이 동물적, 아니 야만적이다. 조지 오웰이 그려낸 세계는 결코 허구의 세계가 아니며 단순한 비유도 아니다.

21세기를 사는 세계인 누구나 인정하듯, 이 작품의 작가 조지 오웰은 정말 천재 작가다. 그는 이 책 뒤에 실은 글에서 이런 말을 했다.

'정치적 성향으로부터 진정으로 자유로운 책은 없다.'

'예술은 정치와 무관해야 한다는 견해도 그 자체가 정치적 태도다.'

이러한 인식하에 쓰인 이 작가의 작품은 실제로 이렇게 시간이 흘러도 여전히 우리를 비추는 거울이 되고 있다.

왜 이런 말을 하는지는 작품을 읽어보면 알 수 있다(실제 이 작품의 배경이 러시아였다). 동물들을 이용한 이 알레고리는 읽기에 따라 각자 느끼는 바가 다를 수 있다. '우화寓話'만의 특징이기도 하다.

따라서 아무리 뛰어난 역자의 의역도 원문 그대로의 속뜻을 따라갈 수 없다. 원작가가 쓴 서술구조 그대로 번역하지 않으면 안 되는 이유도 거기에 있다.

2022. 5. 이정서

차례

일러두기

1. 1944년 쓰여져 1945년 출간된 이 작품의 원제는 『Animal Farm: A Fairy Story』이다.
2. 동물농장 서문으로 알려져 있는 글은 그의 사후, 〈타임스〉(1972년 9월 15일 자)에 실린 글이다. 따라서 그가 생전에 발표한 〈나는 왜 쓰는가WHY I WRITE〉를 후기 대신으로 실었다.

1

장원농장*의 존스 씨는, 그날 밤 닭장 문은 잠갔지만, 너무 취해 있었기에 개구멍 막는 걸 잊고 있었다. 이리저리 춤추는 둥근 랜턴 불빛과 함께, 그는 비틀거리며 마당을 가로질러가서는, 부츠를 뒷문에다 벗어 던지고 부엌방의 술통에서 마지막으로 맥주 한 잔을 들이켜고 나서야, 존스 부인이 이미 코를 골며 자고 있는 침대 위로 올랐다.

침실 불빛이 꺼지자마자 농장 건물 여기저기서 와자지껄한 소란이 있었다. 값비싼 흰색 중형 수퇘지인 소령 영감**이 전날 밤 이상한 꿈을 꾸었고 그것을 다른 동물들에게 전하길 희망한다는 말이 하루 종일 돌았다. 그들은 존스 씨가 방해가 안 되게 안전해지는 즉시 큰 헛간에서 전부 만나기로 약속되어 있었다. 소령(정말 그는 항상 그렇게 불렸다. 윌링던 뷰티라는 이름이 붙여져 있었음에도 불구하고) 영감은 농장에서 깊은

---

* Manor는 '장원(莊園)'을 의미한다. 작가는 '동물농장(Animal Farm)'과 대비시키기 위해 바로 저 이름을 붙였던 것이니 여기서는 '메너 농장'이라고 번역하면 의미가 약화된다.

** Major도 '메이저'로 옮겨서는 안 된다. 이 역시 단어의 의미를 살려 '소령'이라 해야 한다. 바로 뒤에도 그런 설명이 나온다.

존경을 받고 있었으므로 누구라도 그가 하는 말을 듣기 위해 한 시간쯤 잠잘 시간을 포기할 준비가 확실히 되어 있었다.

커다란 헛간의 한쪽 끝, 일종의 높은 연단 위에서, '소령'은 자신의 짚 침대 위에서 일찌감치 자리를 잡고 있었다. 대들보에 걸린 등불 아래였다. 그는 열두 살이었고 최근에는 다소 뚱뚱해졌지만, 송곳니가 잘린 적이 없다는 사실에도 불구하고 현명하고 인정 많은 외모와 함께 여전히 위엄 있어 보이는 돼지였다. 오래지 않아 다른 동물들이 도착하기 시작했고 자신들만의 다른 방식으로 편안하게 자리를 잡았다. 우선 개 세 마리, 블루벨, 제시, 그리고 핀처가 왔고, 그러고는 돼지들이 들어와 단상 바로 앞의 짚더미에 자리를 잡았다. 암탉들은 창턱에 자신들의 방식으로 앉았고, 비둘기들은 서까래로 날아올랐으며, 양과 소들은 돼지들 뒤에 몸을 내려놓고 되새김질을 시작했다. 두 마리 마차 말, 복서와 클로버가 함께 들어와, 아주 천천히 걸어서 짚더미 속에 가려진 어떤 작은 동물이 있지 않을까 몹시 주의하면서 그들의 털 많은 거대한 말굽을 세워 두었다. 클로버는 중년에 다다르고 있는 자애로운 뚱뚱한 암말로, 네 번째 새끼를 낳은 이후 이전의 용모를 완전히 회복하지 못하고 있는 상태였다. 복서는 거의 180센티 높이의 거대한 짐승으로, 보통 두 마리 말을 합쳐놓은 것만큼이나 건장했다. 코에 난 흰 줄무늬가 그를 어느 정도 우둔한 인상을 갖게 했고, 사실 일급의 지능을 가지고 있지 못했지만, 그는 견실한 성품과 일에 대한 엄청난 능력으로 누구에게나 존경 받았다. 말들 다음으로 흰 염소 뮤리얼과 당나귀 벤저민이 왔다. 벤저민은 그 농장의 가장 나이 든 동물이었고, 성질이 제일 나빴다. 그는 거의 말을 하지 않았는데, 했다 하면, 보통 냉소적인 발언이었다. 예컨대, 신이 자신에게 파리를 쫓을 수 있도록 꼬리를 주긴 했지만, 오히려 파리도 꼬리도 없게 했으면 좋았을 거라고 말하는 식이었다. 농장의 동물들 사이에서 유일하게 그는 결코 웃지 않았다. 왜냐고 물으면, 그는 웃을 만한 일을 본 적이 전혀 없기 때문이라고 말하곤 했다. 그럼에도 불구하고, 공개적으로 인정하지는 않았지만, 그는 복서에게 헌신했다. 그들 둘은 보통 과수원 뒤편 작은 목장에서, 나란히 풀을 뜯으며 결코 말은 하지 않으면서 일요일을 함께 보냈다.

두 말이 막 엎드렸을 때 어미를 잃은 새끼 오리 한 가족이, 헛간으로 열 지어 들어와서는 작은 소리로 꽥꽥거리며 밟히지 않을 만한 장소를 찾아 이리저리 헤매고 다녔다. 클로버가 자신의 커다란 앞발로 그들 주변으로 일종의 벽을 만들어주었고 오리 새끼들은 그 안에서 어깨를 부비며 자리를 잡고는 곧바로 잠이 들었다. 마지막 순간 존스 씨의 휴대 짐 보따리를 나르는, 엉뚱하고 예쁜 흰색 암말 몰리가 설탕 덩어리를 씹으며 짐짓 고상한 척 앙증맞게 들어왔다. 그녀는 앞쪽 가까이 자리를 잡고는 하얀 갈기를 털기 시작했다, 거기 묶인 붉은 리본이 주목받길 바라면서. 맨 마지막으로 평소처럼 가장 따뜻한 곳을 찾기 위해 둘러보던 고양이가 들어와서는, 마침내 복서와 클로버 사이로 비집고 들었다. 거기서 그녀는 소령이 연설하는 내내 그가 하는 말을 한마디도 듣지 않고 만족스럽게 가르랑거렸다.

뒷문 뒤 횃대에서 자는, 길들여진 갈까마귀 모세를 제외한 모든 동물들이 이제 참석해 있었다. 소령은 그들 모두가 편안하게 자리를 잡는 것을 바라보며 주의 깊게 기다렸다가, 목청을 가다듬고 연설을 시작했다.

"동지들, 내가 간밤에 꾸었던 이상한 꿈에 관해서는 이미 들었을 거요. 그렇지만 그 꿈 얘긴 나중에 합시다. 그 밖에 먼저 말해야 할 것이 있소. 동지들, 나는 여러분과 함께 몇 달을 더 살 수 있을지 모르겠소. 따라서 죽기 전에, 내가 얻은 지혜를 동지들께 전해주는 게 의무라고 생각하오. 나는 오랜 삶을 살았소. 혼자 마구간에 누워 있으면서 생각할 시간을 많이 가졌소.. 그래서 지금 살아 있는 어느 동물 못지않게 이 땅의 생명의 본질에 대해 말할 수 있다고 생각하오. 내가 여러분에게 말하고자 하는 것도 이에 관한 것이오.

자, 동지들, 우리들의 삶의 본질은 무엇이겠소? 그것을 직시합시다. 우리의 삶은 비참하고, 고되고, 짧소. 우리는 태어나, 단지 우리 몸에 숨이 붙어 있을 만큼의 음식이 주어졌고, 우리 중 그것을 할 수 있는 이들은 마지막 한 톨의 힘까지 일하도록 강요받게 되오. 그리고는 유용성이 다하는 순간이 찾아오면 끔찍한 잔학행위로 도살당하는 것이오. 영국의 동물들은 한 살이 지나면 누구도 행복이나 여가의 의미를 알지 못하오. 누구도 자유롭지 못하게 되는 거요. 동물의 삶은 비참함과 노예 생활이오. 그것이 있는 그대로의 진실입니다.

그렇지만 이것이 단순히 자연 질서의 일부일까요? 이 땅이 너무나 가난해서 이곳에 사는 우리들이 제대로 된 삶을 살 형편이 못 돼서 그럴까요? 아니오, 동지들 절대 아닙니다! 영국의 토양은 비옥하고, 기온은 온화합니다. 지금 거주하고 있는 것보다 막대하게 많은 수의 동물들에게도 풍부한 음식을 제공할 수 있소. 우리들 농장, 이것 하나만 두고 봐도 열두 마리 말과 스무 마리 소, 수백 마리 양들을 부양할 수 있소. 그들 전부가 지금 우리가 상상할 수 없을 만큼의 안락과 존엄 속에 살 수 있을 겁니다. 그렇다면 왜 우리는 이 비참한 상태를 계속해야 할까요? 왜냐하면 우리 노동의 생산물 거의 전부를 인간들이 빼앗아가기 때문입니다. 동지들, 거기에 모든 문제들의 답이 있소. 한 마디로 인간은 우리가 가진 단 하나의 진짜 적이라고 요약되는 거요. 우리 세계에서 인간을 제거

해버리면, 기아와 과로의 근본 원인이 영구히 폐기될 것이오.

인간은 생산하지 않고 소비만 하는 유일한 존재요. 그들은 우유를 내놓지도 못하고, 알을 낳지도 못합니다. 그들은 쟁기를 끌기엔 너무 허약하고, 토끼를 잡을 만큼 빠르게 달릴 수도 없소. 그럼에도 그들은 모든 동물의 왕이죠. 그들은 동물들에게 일하도록 하게 만들고는, 굶어 죽는 것을 막을 만큼의 최소한을 되돌려주고 나머지는 모두 자신들을 위해 보관합니다. 우리의 노동으로 밭을 갈고, 우리의 분뇨가 그것을 비옥하게 합니다. 그럼에도 불구하고 우리 중 누구 하나 맨몸뚱이 말고 더 소유한 이가 있습니까? 내 앞에 보이는 암소 여러분, 올 한 해 동안 당신들이 짜낸 우유가 몇천 갤런이나 되는지 아시오? 그런데 튼튼한 새끼들을 양육하는 데 쓰여야 할 우유에 과연 무슨 일이 일어났던가요? 한 방울도 남김없이 우리들 적의 목구멍으로 넘어갔소. 그리고 암탉 여러분, 올해 여러분이 얼마나 많은 알을 낳았고, 그중 도대체 몇 개나 닭으로 부화했던가요? 그 나머지 전부는 존스와 그 일당을 위한 돈을 벌기 위해 시장으로 보내졌습니다. 그리고 당신, 클로버, 당신이 낳은 망아지 넷은 어디에 있소, 당신이 늙으면 부양하고 즐거움을 주었어야 할 그들은? 각기 한 살 때 팔려갔지요… 당신은 결코 그들 중 한 명도 다시 볼 수 없을 게요. 네 번의 분만과 밭에서의 모든 노동의 대가로, 얼마 안 되는 식량과 마구간 말고 당신이 가져본 게 뭐가 있소?

또 우리가 영위하는 이 비참한 삶조차 평균 수명에 도달하는 게 허락되지 않소. 나로서는 불평하지 않소, 나는 운 좋은 이들 가운데 하나이니까. 나는 열두 살이고 자식들이 400이 넘소. 그것이 돼지로서의 자연스러운 삶이지요. 그렇지만 종국에 잔인한 칼날을 피한 동물은 단 한 마리도 없소. 내 앞에 앉아 있는 젊은 비육돈들이여, 여러분들 하나하나가 빠짐없이 일 년 내에 단두대에서 살려달라고 절규하게 될 게요. 그 공포는 우리 모두에게 닥쳐올 것이오. 소들, 돼지들, 닭들, 양들, 모두에게. 말이나 개라고 더 나은 운명을 타고난 것은 아니오. 복서, 당신도, 그 엄청난 당신의 근육이 힘을 잃는 바로 그날, 존스는 폐마 도축업자에게 당신을 팔아넘길 테고, 그자는 당신의 목을 자르고 여우사냥개를 위해 삶을 게요. 개들의 경우, 나이 들고 이빨이 빠지면, 존스는 그들 목에 벽돌을 매달아 가장 가까운 연못에 익사시킬 것이오.

그렇다면, 동지들, 우리들 이 삶의 모든 폐악은 인간들의 폭압에서 비롯되는 것이 명백하지 않겠소? 단지 인간만 제거하면, 우리 노동의 생산품은 우리 소유가 되오. 거의 하룻밤 사이에 우리는 부자가 되고 자유로워질 수 있소. 그렇다면 우리가 해야만 할 일이 무엇일까요? 그건, 밤낮으로, 몸과 마음을 다해, 인간 종족을 몰아내기 위해 힘쓰는 것이오! 그것이 여러분들에게 주는 내 메시지요. 동지들. 반란! 그 반란이 언제 일어날지는 나도 알 수 없소. 일주일이 걸릴지 백 년 후가 될는지. 하지만 나는 아오, 내 발밑의 이 짚더미를 보는 것만큼이나 확실하게, 조만간 정의는 실현된다는 것을. 여러분의 눈을 그것에 고정해두시오. 동지들. 남아 있는 짧은 생 동안! 그리고 무엇보다. 이러한 내 메시지를 당신들 뒤에 오는 이들에게 전해주시오. 그리하여 미래 세대가 승리할 때까지 투쟁을 계속할 수 있도록.

그리고 기억하시오. 동지들. 여러분의 결의는 결코 흔들리지 말아야만 하오. 어떤 주장에도 현혹되어서는 안 될 것이오. 그들이 여러분에게 말하는 것을 들어서는 결코 안 될 것이오. 사람과 동물들은 공동의 이익을 가지고 있고, 한쪽의 번성이 다른 쪽의 번성이라고 하는 말을. 그것은 전부 거짓말이오. 인간은 자신들 말고는 어떤 피조물의 이익에도 기여하지 않소. 그리고 우리 동물들 사이에는 완벽한 단결. 투쟁 중에 완벽한 동지애가 있도록 하시오. 모든 인간은 적이요. 모든 동물은 동지요."

바로 그때 엄청난 소란이 일었다. 소령이 연설하고 있는 동안 커다란 쥐 네 마리가 쥐구멍에서 빠져나와 그들 몸 뒤에 자리를 잡고 앉아 그것을 듣고 있던 중이었다. 개들이 갑자기 그들을 보았고, 쥐들은 자신들의 목숨을 구하는 건 구멍을 향해 재빨리 달아나는 것뿐이라는 걸 알았기에 빚어진 일이었다. 소령은 조용히 하도록 그의 발을 들어올렸다.

"동지들," 그가 말했다. "지금 결정해야만 할 사항이 있군요. 야생 피조물들, 고양이와 토끼 같은… 그들은 우리의 친구일까요, 아니면 적일까요? 우리 투표에 부칩시다. 나는 이 설문을 모임에 상정하오. 쥐들은 동지인가요?"

투표는 즉시 행해졌고, 압도적 다수로 쥐들이 동지라는 것에 의견 일치를 보았다. 반대자는 단지 넷이었는데, 개 세 마리와 고양이였다. 고양이는 나중에 양편에 투표한 게 밝혀졌다. 소령은 계속했다.

"더 이상 할 말은 없소. 다만 되풀이하건대, 언제나 인간과 그들의 모든 방식에 대해 적대시하는 것이 여러분의 의무임을 명심하시오. 두 발에 의지하는 것은 무엇이든 적이오. 네 발에 의지하거나, 날개를 가진 것은 무엇이든 친구요. 그리고 또한 인간에 맞서 싸우면서도, 우리는 그들을 닮아가서는 결코 안 된다는 것을 기억하시오. 심지어 그들을 정복했을 때조차 그들의 악습을 받아들여서는 결코 안 될 것이오. 어떤 동물도 집 안에서 살거나, 침대에서 자거나, 옷을 입거나, 술을 마시거나, 담배를 피우거나, 돈에 손을 대거나, 장사에 종사해서는 안 될 것이오. 인간의 모든 관습은 악이오. 또한, 무엇보다, 어떤 동물도 같은 종족을 탄압해서는 결코 안 될 것이오.

약하든 강하든, 영리하든 단순하든, 우리는 전부 형제요. 어떤 동물도 서로 다른 동물을 죽여서는 안 되오. 모든 동물은 평등하기 때문이오.

그럼 이제, 동지들, 간밤의 내 꿈에 관해 이야기하겠소. 나는 그 꿈을 여러분에게 묘사해줄 수는 없소. 그것은 인간이 사라졌을 때 올 세상에 대한 꿈이었소. 그렇지만 그것은 내가 오래전 잊고 있던 것을 상기시켜주었소. 수년 전, 내가 어린 돼지였을 때, 내 어머니와 다른 암퇘지들은 자신들이 단지 음조와 처음 세 음절만 알고 있는 옛 노래 하나를 부르곤 했소. 나도 유년기엔 그 곡조를 알고 있었지만, 그것은 내 마음속에서 오래전 사라졌소. 그런데, 지난밤 꿈속에 내게 돌아온 거요. 그에 더해, 그 노래의 가사들이 또한 되살아난 거요. 가사들은, 오래전 동물들에 의해 불려졌고 여러 세대 동안 기억에서 잊혀졌던 것들이라고 확신하오. 동지들, 이제 여러분에게 노래를 들려드리겠소. 나는 늙어서 목소리가 쉬었지만, 내가 여러분에게 곡조를 가르치고 나면, 여러분은 스스로 더 잘 부를 수 있을 것이오. 그것은 '영국의 짐승들'이라 하오."

소령 영감은 목을 가다듬고 노래하기 시작했다. 그가 말한 것처럼, 그의 목소리는 쉬었지만, 그는 충분히 잘 불렀고, 그것은 〈클레멘타인〉과 〈라 쿠카라차〉 중간쯤 되는 감동적인 곡조였다. 가사는 이러했다.

18

영국의 짐승들이여, 아일랜드의 짐승들이여,

온 나라와 지역의 짐승들이여,

황금빛 미래에 대한

즐거운 소식에 귀 기울여라.

조만간 그날이 오리니,

폭군 인간은 허물어지고,

영국의 비옥한 들판은

짐승들만 홀로 디딜 수 있을 테니.

고리가 우리의 코에서,

마구가 우리의 등에서 사라지고,

재갈과 박차는 영원히 녹슬고

잔인한 채찍은 더 이상 철썩이지 않을 테니.

마음속에 그릴 수 있는 것보다 더 많은 부가,

밀과 보리, 귀리와 건초,

클로버, 콩과 사탕무들이

그날 우리의 소유가 될 테니.

빛이 영국의 들판에 비추고,

물들은 더 맑고

산들바람은 더 달콤히 불어올 테니,

우리가 자유로워질 그날에.

그날을 위해 우리 모두는 노력해야만 하네,

비록 그것을 이루기 전에 우리가 죽는다 해도,

소와 말, 거위와 칠면조들,

모두가 자유를 위해 힘써 일해야만 하네.

영국의 짐승들이여, 아일랜드의 짐승들이여,

온 나라와 지역의 짐승들이여,

황금빛 미래에 대한

즐거운 소식에 귀 기울여라.

이 노래를 부르는 중에 동물들은 흥분의 도가니에 빠졌다. 소령이 끝에 이르기 거의 직전에, 그들은 그들 스스로 그것을 부르기 시작했다. 그들 가운데 가장 우둔한 이들조차 이미 곡조와 얼마간의 가사를 익히기 시작했고, 돼지와 개들 같은 영리한 이들로 말하자면, 몇 분 만에 전곡을 외웠다. 그러고 나서, 몇 번의 예비 시도 후에, 농장 전체에 우렁찬 한목소리로 〈영국의 짐승들〉이 터져 나왔다. 소들은 음매, 개들은 컹컹, 양들은 맴맴, 말들은 히힝, 오리들은 꽥꽥 소리를 냈다. 그들은 그 노래가 너무나 즐거운 나머지 내리 다섯 번을 연속해서 불러댔는데, 만약 방해를 받지 않았다면 밤새 계속되었을는지도 모른다.

불행하게도, 그 소란은 존스 씨를 깨웠고, 침대에서 뛰어나

온 그는, 마당에 여우가 있다고 확신했다. 그는 침실 한쪽에 항상 세워두는 총을 집어 들었고, 어둠 속으로 여섯 발의 총탄을 날려 보냈다. 총알은 헛간 벽에 박혔고 모임은 서둘러 해산되었다. 모두는 자신의 잠자리로 달아났다. 새들은 자신들의 횃대로 날아올랐고, 동물들은 짚더미에 엎드렸고, 농장 전체는 한순간에 잠들어버렸다.

2

사흘 밤이 지나 소령 영감은 잠든 중에 평화롭게 죽었다. 그의 시신은 과수원 기슭에 묻혔다.

이것이 3월 초순의 일이었다. 이후 석 달 동안 많은 비밀스러운 활동이 있었다. 소령의 연설은 농장의 더 이해력 있는 동물들에게 완전히 새로운 삶의 관점을 가져다주었다. 그들은 소령에 의해 예언된 반란이 언제 일어날지 알지 못했고, 자기 생애 내에 일어나리라고 생각할 수 있는 근거도 없었지만, 그것을 위한 준비를 하는 것이 자신들의 의무라는 것을 명백히 깨닫고 있었다. 다른 이들을 가르치고 조직화하는 임무는 자연스럽게 일반적으로 동물 중에 가장 영리한 존재로 인식되는 돼지들에게 맡겨졌다. 돼지들 사이에서도 발군은 스노볼과 나폴레옹이라는 이름의 두 젊은 수퇘지로, 존스 씨가 판매를 위해 사육하고 있었다. 나폴레옹은 덩치가 크고, 다소 사나워 보이는 버크셔 수퇘지로-농장에서 유일한 버크셔였다- 말이 많지는 않았지만, 원칙을 지킨다는 평판을 얻고 있었다. 스노볼은 나폴레옹보다 훨씬 생기 있는 돼지였고, 말이 빠르고 더 창의적이었지만, 같은 깊이의 인물로 간주되지는 못했다. 그 밖에 농장에 있는 다른 돼지들은 모두 식용돼지였다. 그들 중 가장 잘 알려진 것은 스퀼러라는 이름의, 매우 둥근 뺨에, 빛나는 눈과 민첩한 움직임, 그리고 날카로운 목소리를 가진 작고 뚱뚱한 돼지였다. 그는 굉장한 능변가로, 어떤 어려운 요점을 논할 때는 이편저편으로 뛰어다니며 자신의 꼬리를 흔드는 방식을 취했는데 그것은 어딘가 매우 설득력 있었다. 다른 이들은 스퀼러를 두고 마음만 먹으면 검정도 흰색으로 바꿀 수 있을 거라고 말했다.

이들 셋은 소령 영감의 가르침을 완전한 사고체계로 정교히 만들었고, 거기에 '동물주의'라는 이름을 붙였다. 한 주에 며칠 밤을, 존스 씨가 잠든 후, 그들은 헛간에서 비밀 모임을 열었고 다른 이들에게 동물주의의 원리를 상세히 설명했다. 초기에 그들은 많은 우둔함과 무관심에 맞닥뜨려야 했다. 일부 동물들은 존스 씨에 대한 충성의 의무에 대해 말하거나, 그를 '주인님'이라 부르며, "존스 씨는 우리에게 식량을 준다. 만약 그가 사라지면, 우리는 굶어 죽어야 한다." 같은 초보적인 말을 했다. 또 다른 이들은 "왜 우리가 죽은 후에 벌어질 일을 걱정해야 하나요?" 혹은 "만약 이 반란이 어쨌든 일어날 거라면, 우리가 그것을 위해 노력을 하든 않든 달라질 게 뭐죠?" 같은 질문을 던지곤 했고, 돼지들은 그게 바로 동물주의의 정신에 반하는 것임을 깨닫게 하는 데 큰 어려움을 겪어야만 했다. 그 가운데 가장 우둔한 질문은 하얀 암말인 몰리에게서 나왔다. 그녀가 스노볼에게 물은 첫 번째 질문이 바로 "반란 후에도 여전히 설탕이 있을까요?"였다.

"없소." 스노볼은 단호히 말했다. "우리는 이 농장에 설탕을 만드는 수단을 가지고 있지 않소. 게다가, 당신은 설탕이 필요치 않아요. 당신은 원하는 만큼 귀리와 건초를 먹게 될 겁니다."

"그럼 여전히 내 갈기에 리본을 매다는 건 허용될까요?" 몰리가 물었다.

"동지," 스노볼이 말했다. "당신이 그토록 애정을 갖는 그 리본들은 노예의 표식이에요. 자유가 리본보다 가치 있다는 걸 이해하지 못하겠습니까?"

몰리는 동의했지만, 완전히 납득된 것 같지는 않았다.

돼지들은 길들여진 갈까마귀 모세에 의해 퍼뜨려지는 거짓말에 대응하기 위해 더 힘든 싸움을 벌여야만 했다. 존스 씨의 특별한 애완동물이었던 모세는, 염탐꾼이면서 고자질 쟁이였지만, 또한 영리한 달변가였다. 그는 얼음사탕 산이라는, 모든 동물들이 죽어서 가는, 신비로운 나라의 존재를 안다고 주장했다. 그것은 저 하늘 높이 구름 너머 조금 떨어진 어딘가에 위치해 있다고, 모세는 말했다. 얼음사탕 산에서는 한 주의 7일이 일요일이었고, 클로버가 한 해 내내 한창이었으며, 각설탕과 아마인 깻묵*이 생울타리에서 자란다는 것이었다. 동물들은 모세가 말만 하지 일은 하지 않았기에 싫어했지만, 그들 중 일부는 얼음사탕 산을 믿었기에, 돼지들은 그런 곳은 없다고 그들을 설득하기 위해 매우 힘들게 언쟁해야만 했다.

그들의 가장 충실한 신봉자들은 두 마리 마차 말, 복서와 클로버였다. 이들 둘은 스스로 무언가를 생각해내는 데는 엄청난 곤란을 겪었지만, 일단 돼지들을 자신들의 선생으로 받아들이고 나서는, 그들이 말하는 모든 것을 받아들였고, 그것을 다른 동물들에게 단순한 추론으로 전했다. 그들은 한결같이 헛간의 비밀 모임에 참석했고, 항상 모임이 끝날 때 〈영국의 짐승들〉을 앞장서 불렀다.

이제, 조만간 드러나다시피, 반란은 누군가 예상했던 것보다 훨씬 일찍 그리고 매우 쉽게 이루어졌다. 과거에 존스 씨는, 비록 냉정한 주인이지만 유능한 농부였는데, 최근에는 불운한 나날을 보내고 있었다. 그는 한 소송에서 돈을 빼앗긴 후 크게 낙담한 상태로, 적당량 이상으로 술을 마시고 있는 중이었다. 하루 온종일 그는 부엌의 윈저 의자에 빈둥거리며

---

* 가축 사료.

앉아, 신문을 읽고, 술을 마시고, 가끔 모세에게 맥주에 적신 빵 부스러기를 먹이곤 했다. 그의 일꾼들은 게으르고 정직하지 못해서, 밭들은 잡초가 가득했고, 건물들은 지붕을 손봐야 했으며, 울타리는 방치되어 있었고, 동물들은 배를 곯고 있었다.

6월이 오고 건초를 거의 베야 할 때가 되었다. 하지제 전날인 토요일, 존스 씨는 윌링던으로 갔고 레드 라이언에서 너무 많이 마셨다. 그는 일요일 낮까지 돌아오지 못했다. 일꾼들은 이른 아침 암소들에게서 젖을 짜내고 나서 동물들을 먹여야 하는 걸 신경 쓰지 않고 토끼 사냥을 나가버렸다. 존스 씨는 돌아오자마자 바로 거실 소파에서 〈세계의 뉴스〉를 얼굴에 덮고 잠들어버렸고, 그리하여 저녁이 되어서도, 동물들은 여전히 끼니를 제공받지 못했다. 마침내 그들은 더 이상 참을 수 없었다. 암소들 가운데 하나가 뿔로 비축 창고의 문을 부쉈고 모든 동물이 통에서 자신들 것을 먹기 시작했다. 존스 씨가 깨어난 것은 바로 그때였다. 다음 순간 그와 네 명의 일꾼들은 손에 채찍을 들고 비축 창고 안으로 들어갔고, 사방으로 휘둘러댔다. 이것은 굶주린 동물들이 참을 수 있는 수준을 넘어섰다. 일제히, 그전에 어떤 종류의 계획도 없었음에도 불구하고, 그들은 자신들을 괴롭히는 이들에게 몸을 날렸다. 존스와 그의 일꾼들은 급작스레 사방으로부터 머리로 받치고 발로 차이고 있는 자신들을 발견했다. 그 상황은 자신들의 통제를 벗어나 있었다. 그들은 전에 이와 같은 동물들의 행동을 본 적이 없었고, 자기들 마음대로 채찍질과 학대하는 것에 익숙해 있던 생물들의 이 갑작스러운 반란은, 거의 정신이 나갈 정도로 겁에 질리게 했다. 불과 몇 분 만에 그들은 방어하려 애쓰던 것을 포기하고 줄행랑쳤다. 일 분 후 그들 다섯 명 전부는 승리감으로 자신들을 쫓고 있는 동물들과 함께, 주도로로 이어진 마찻길을 전속력으로 내달리고 있었다.

존스 부인은 침실 창문으로 밖을 내다보고는, 무슨 일이 벌어지고 있는지 깨닫고, 서둘러 여행용 가방 하나에 소지품 몇 개를 챙겨 넣고는 다른 길로 농장을 몰래 빠져나왔다. 모세가 자신의 횃대에서 튀어나와 그녀 뒤에서 큰 소리로 울며 날갯짓을 했다. 그동안 동물들은 존스와 그의 일꾼들을 큰길 바깥까지 뒤쫓았고 그들 뒤의 빗장 다섯 개가 달린 문을 쾅 하고 닫았다. 그렇게 해서, 거의 그들이 무슨 일이 벌어졌는지를 깨닫기도 전에, 반란은 성공적으로 이행되었다. 존스는 축출되었고, 장원농장은 그들 소유가 되었던 것이다.

처음 몇 분 동안 동물들은 자신들의 행운을 거의 믿을 수 없었다. 그들의 첫 행동은 마치 그곳 어딘가에 숨어 있는 인간이 없다는 걸 분명히 확인해 두기라도 하려는 것처럼, 모두가 한 몸이 되어 농장 주변을 돌며 내달리는 것이었다. 그러고 나서 그들은 존스의 증오스러운 지배의 흔적을 씻어내기 위해 농장 건물로 되돌아왔다. 마구간 끝의 마구실은 부서져 열려졌다. 재갈, 코뚜레, 개 사슬, 존스 씨가 돼지와 양들을 거세하는 데 사용하곤 했던 잔혹한 칼들이 전부 우물 속으로 내동댕이쳐졌다. 고삐, 굴레, 눈가리개들과 모멸적인 마차 말의 꼴주머니들이 마당에 피워진, 쓰레기를 태우는 불길 속에 던져졌다. 채찍도 마찬가지였다. 모든 동물들이 채찍이 불길에 타오르는 것을 보고 기쁨으로 신나게 뛰어다녔다. 스노볼 또한 장날이면 으레 말들의 갈기와 꼬리를 장식했던 리본들을 불길에 던져 넣었다.

"리본은 옷으로 간주되어야 합니다." 하고 그가 말했다. "그것은 인간 존재의 표식입니다. 모든 동물들은 있는 그대로여야 합니다."

복서는 이 말을 듣곤 여름이면 귓가의 파리들 때문에 쓰던 작은 밀짚모자를 가져와서는, 나머지들과 함께 불길 속에 던져 넣었다.

얼마 안 되어 동물들은 존스 씨를 상기시키는 모든 것을 파괴해버렸다. 나폴레옹은 그러고 나서 비축 창고로 그들을 이끌고 가서는 모두에게 두 배의 배급식량을 나누어주었다. 개들에게는 각각 비스킷 두 개도 함께였다. 그러고 나서 그들은 〈영국의 짐승들〉을 처음부터 끝까지 일곱 번을 연달아 불렀고, 그 후 그 밤을 위해 편안히 자리를 잡고 이전에는 한 번도 누린 바 없는 잠으로서의 잠자리에 들었다.

하지만 그들은 여느 때처럼 새벽에 일어났고, 불현듯 발생했던 영광스러운 일을 떠올리고는, 모두 함께 목초지로 뛰어나갔다. 목초지에서 조금 내려가면 농장 대부분의 풍경을 조망할 수 있는 언덕이 있었다. 동물들은 그 꼭대기까지 힘차게 달려가 맑은 아침 볕 속에서 그것들을 둘러보았다. 그랬다, 그것은 그들의 것이었다. 그들이 볼 수 있는 전부가 그들의 소유였다! 그런 생각의 희열로 그들은 돌고 또 돌며 뛰놀았고, 흥분해서 껑충껑충 뛰며 허공에 소리를 질러댔다. 그들은 이슬 위를 굴렀고, 부드러운 여름풀을 입안 가득 뜯어 먹었고, 시커먼 흙덩이를 파내고 짙은 향기를 맡아보기도 했다. 그러고 나서 농장 전체를 둘러보며 말없이 감탄에 젖어 경작지, 건초밭, 과수원, 연못, 잡목림을 살펴보았다. 그들은 그것들이 이전에 결코 본 적이 없는 것처럼 여겨졌고, 지금도 그것들이 전부 자신들 소유라는 것이 거의 믿기지 않았다.

그러고 나서 그들은 농장 건물로 일렬로 행진해 돌아와서는 농가 문밖에서 조용히 멈추었다. 그것 역시 그들의 것이었지만 그들은 안으로 들어가는 게 두려웠다. 그러나 잠시 후, 스노볼과 나폴레옹은 자신들의 어깨로 문을 밀어 열어젖혔고 동물들은 한 줄로 들어가서는, 무언가라도 깨뜨릴까 두려워 최대한 조심하며 걸었다. 그들은 속삭임 이상의 말하는 것을 두려워하며 이 방 저 방을 발끝으로 살금살금 걸었고, 자신들의 깃털 매트리스가 깔린 침대, 유리, 말총 소파, 브뤼셀 카펫, 거실 벽난로 선반 위의 빅토리아 여왕의 석판화 등 믿기지 않는 호화로움을 일종의 경외감으로 바라보았다. 그들이 거의 계단을 내려왔을 때 몰리가 사라진 게 드러났다. 누군가 돌아가서, 그녀가 가장 좋은 침실에 남아 숨어 있는 것을 발견했다. 그녀는 존스 부인의 화장대에서 파란색 리본 하나를 꺼내 자신의 어깨에 대고는 무척 바보스러운 태도로 거울 속 스스로에 감탄하고 있었다. 다른 이들이 날카롭게 그녀를 비난하고는 밖으로 나왔다. 부엌에 매달려 있던 몇 개의 햄들이 땅에 묻히기 위해 꺼내졌다. 부엌방의 맥주 통이 복서의 발굽에 차여 부서졌으며, 그 외에는 집 안의 아무것도 손대지 않았다. 농가를 박물관으로 보존하자는 만장일치 결의안이 그 자리에서 통과되었다. 그곳에 사는 동물이 있어서는 결코 안 된다는 데 모두는 동의했다.

동물들이 아침 식사를 마쳤고, 그러고 나서 스노볼과 나폴레옹이 그들을 다시 불러 모았다.

"동지들," 스노볼이 말했다. "여섯 시 반이니 우리 앞에는 긴 하루가 있습니다. 오늘 우리는 건초 수확을 시작합니다. 그렇지만 먼저 유념해야만 할 다른 문제가 있습니다."

돼지들은 이제야 지난 3개월 동안 존스 씨 아이들 것이었다가 쓰레기 더미에 던져진 낡은 철자 교본으로 그들 스스로 읽고 쓰는 법을 익혔다고 밝혔다. 나폴레옹은 검은색과 흰색 페인트 통을 가져오게 해서는 길 아래 큰길로 나 있는 다섯 개의 빗장이 걸린 대문으로 이끌었다. 그러고 나서 스노볼(글씨를 가장 잘 쓰는 게 스노볼이었으므로)이 두 개의 발톱 사이로 붓을 잡고, 문 맨 위 빗장에 새겨진 장원농장에 색을 덧칠하고 그 자리에 동물농장이라 썼다. 이것이 이제부터 농장의 이름이 되었다. 이후 그들은 농장 건물로 돌아갔고, 거기서 스노볼과 나폴레옹은 사다리를 가져오게 해 커다란 헛간의 벽 끝에 기대 세우게 했다. 그들은 지난 3개월의 연구로 돼지들이 동물주의의 원리를 7계명으로 정리하는 데 성공했다고 설명했다. 이 7계명은 이제 벽에 새겨질 터였다. 그것들은 이후 동물농장에서 영원히 살아야만 할 모든 동물들에 의해 불변하는 법으로 형성될 터였다. 얼마간의 어려움(돼지들이 사다리 위에서 균형을 유지하기는 쉽지 않았으므로)을 겪으며 스노볼은 기어올라 작업에 착수했고, 스퀼러가 몇 계단 아래서 페인트 통을 잡고 있었다. 그 계명들은 30야드 밖에서도 읽을 수 있게 타르칠 된 벽에 커다란 흰색 글씨로 쓰여졌다. 이렇게 적었다.

7계명

1. 두 다리로 걷는 것은 무엇이든 적이다.

2. 네 다리로 걷거나, 날개 있는 것은 무엇이든 친구다.

3. 어떤 동물도 옷을 입어서는 안 된다.

4. 어떤 동물도 침대에서 자서는 안 된다.

5. 어떤 동물도 술을 마셔서는 안 된다.

6. 어떤 동물도 다른 동물을 죽여서는 안 된다.

7. 모든 동물들은 평등하다.

그것은 매우 깔끔하게 쓰여졌는데, "친구"가 "칭구"로 쓰여지고 "S" 중에 하나가 거꾸로 쓰여진 것 말고는, 철자도 일관되게 정확했다. 스노볼은 다른 이들의 편의를 위해 그것을 큰 소리로 읽었다. 모든 동물들이 완전히 동의해 고개를 끄덕였고, 영리한 이들은 즉시 그 계명들을 외우기 시작했다.

"자, 동지들." 스노볼이 페인트 붓을 내던지며, 소리쳤다. "이제 건초 밭으로 갑시다! 우리의 명예를 걸고 존스와 그 일당들이 하던 것보다 좀더 빨리 거둬들입시다."

그렇지만 그 순간 얼마 전부터 불편해 보였던 암소 셋이, 큰 소리로 울며 저지했다. 그들은 24시간 동안 젖을 짜지 못했고, 젖통이 거의 터질 지경이었던 것이다. 조금 생각한 후, 돼지들은 양동이를 가져오도록 했고 꽤 성공적으로 젖을 짜

주었다. 그들의 발이 이 일을 해내는 데 매우 적합했던 것이다. 그곳에는 곧 많은 동물들이 지대한 관심을 갖고 지켜보는 가운데 거품이 이는 크림 우유 다섯 양동이가 놓였다.

"저 우유는 전부 어찌 될까?" 누군가가 말했다.

"존스는 가끔 우리들 모이에 얼마간 섞어 넣곤 했지." 암탉들 가운데 하나가 말했다.

"우유는 신경 쓰지 마시오, 동지들!" 나폴레옹이 양동이 앞으로 나서며 소리쳤다. "잘 처리될 게요. 건초 수확이 더 중요합니다. 스노볼 동지가 길을 이끌 거요. 나도 곧 따라갈 겁니다. 앞으로, 동지들! 건초가 기다리고 있소."

그리하여 동물들은 건초 밭으로 내려가 건초 수확을 시작했다. 그리고 그들이 저녁에 돌아왔을 때, 우유가 사라진 것이 눈에 띄었다.

3

    그들은 건초를 거둬들이기 위해 얼마나 힘들게 일하고 땀 흘렸던가! 그래도 그들의 수고는 건초 수확이 기대했던 것보다 훨씬 더 성공적인 것으로서 보상받았다.

    때때로 작업은 고됐다. 도구들은 동물이 아니라 인간을 위해 설계되어 있었고, 서 있는 것과 관련한 어떤 도구도 사용할 수 있는 동물이 없다는 게 무엇보다 문젯거리였다. 그렇지만 돼지들은 모든 어려움을 우회하는 법을 생각해낼 수 있을 만큼 매우 영리했다. 말들의 경우, 그들은 들판 구석구석을 알고 있었고, 사실 풀을 베고 긁어모으는 일에 대해서는 존스와 그의 일꾼들이 이제까지 했던 것보다 훨씬 더 잘 이해하고 있었다. 돼지들은 실제 일은 하지 않았지만, 다른 이들을 감독하고 지휘했다. 상대적으로 뛰어난 머리로 그들이 지휘자의 역할을 맡는 것은 자연스러운 일이었다. 복서와 클로버는 자신들이 절삭기나 써레를 메고(당연히, 그즈음 재갈이나 고삐는 필요치 않았다), 뒤에서 따라 걸으며 경우에 따라 "이랴, 동지" "워워, 동지" 하고 소리치는 돼지와 함께, 들판을 착실하게 돌고 또 돌며 걸어다녔다. 또한 힘쓰는 일에는 능력이 달리는 모든 동물들은 건초를 뒤집고 모으는 일을 했다. 오리와 암탉들조차 햇볕 속에서 그들의 부리로 작은 건초 조각을 나르며, 하루 온종일 힘들게 일했다. 마침내 그들은 건초 수확을 보통 존스와 그의 일꾼들이 하던 때와 비교해 이틀이라는 시간을 단축해서 끝낼 수 있었다. 게다가, 그것은 농장에서 예전에 본 적 없는 가장 큰 수확으로서였다. 무엇도 버려진 게 없었는데, 암탉과 오리들이 날카로운 눈으로 바로 마지막 남은 한 줄기까지 그러모았던 것이다. 무엇보다 농장의 어떤 동물도 이삭 하나 훔치지 않았다.

그해 여름 내내 농장 일은 시계태엽처럼 진행되었다. 동물들은 그것이 가능한지 상상도 못했던 만큼 행복했다. 모든 음식 한입 한입이 놀랄 만큼 긍정적인 만족감을 주었는데, 정말이지, 주인이 마지못해 조금씩 나눠준 것이 아니라 그들 스스로가 자신들을 위해 생산한, 자신들 소유의 음식이었기 때문이다. 쓸모없는 기생충 같은 인간 존재들이 사라지자, 모두에게 먹거리가 늘어났다. 경험해본 동물들은 없었음에도 불구하고, 여가 시간 또한 늘어났다. 그들은 많은 어려움에 직면했지만—예를 들어 그해 말에 곡식을 수확할 때, 농장에 탈곡기를 가지고 있지 않아, 그들은 고전적 방식으로 발로 밟아 낟알을 꺼내고, 입김으로 겨를 불어내야 했다—돼지들은 머리를 써서, 복서는 거대한 근육으로 항상 그런 것들을 헤쳐 나갔다. 복서는 모두로부터 찬탄을 불러일으키는 대상이었다.

그는 존스 시대에도 열심인 일꾼이었지만, 이제는 혼자서 세 마리 말쯤의 몫을 해내는 것처럼 보였다. 농장의 모든 일이 그의 강력한 어깨 위에 얹어진 것처럼 보이던 때가 있었다. 아침부터 밤까지 밀고 끌면서 작업이 가장 힘든 지점에는 항상 그가 있었다. 그는 수탉 한 마리에게 아침에 자기를 다른 누구보다 30분 일찍 깨우게 시켰고, 가장 필요로 여겨지는 일에 무엇이든 자발적으로 임했다. 정규 일과가 시작되기 전에, 모든 문제, 모든 차질에 대한 그의 답은, "내가 더 열심히 일할 테다!"였다. 이것을 그는 자신의 개인적인 좌우명으로 삼았다.

그렇지만 모든 이들은 자신의 능력에 따라 일했다. 암탉과 오리들은, 예컨대 수확 때 흩어진 곡물을 그러모아 5부셸 (127kg)의 옥수수를 절약했다. 어느 누구도 훔치지 않았고, 어느 누구도 자신의 배급에 대해 불평하지 않았으며, 예전엔 생활의 한 특징이었던 말다툼과 물어뜯기, 질투가 거의 사라졌다. 어느 누구도, 아니, 거의 누구도 태만하지 않았다. 사실, 몰리는 아침마다 제시간에 일어나지도 않았고, 자신의 발굽에 돌이 끼었다고 일터에서 일찍 떠나는 방식을 취하곤 했었다. 그리고 고양이의 행동도 얼마간 묘했다. 할 일이 있을 때마다 고양이는 결코 보이지 않았다는 것이 곧 드러났다. 그녀는 몇 시간 동안 계속해서 사라졌고, 그러고는 식사 시간이나, 일과가 끝난 저녁에, 아무 일도 없었다는 듯 나타나곤 했다. 그렇지만 그녀는 항상 완벽한 핑계를 만들어댔고, 너무나 다정스레 가르랑거려서, 선한 의도를 믿지 않는 게 오히려 불가능할 정도였다. 나이 든 당나귀 벤저민은 반란 이후 특별히 변한 게 없는 것처럼 보였다. 그는 존스 시대에 했던 것처럼 느리고 완고한 방식으로 자신의 일을 했고, 결코 태만하지 않았으며 그러면서도 가외 일에는 자원하지 않았다. 반란에 관해 그리고 그것의 결과에 관해 그는 견해를 표하는 법이 없었다. 존스가 사라진 지금 더 행복하지 않은지 어떤지 물었을 때, 그는 단지 "당나귀들은 오래 살아. 너희 중 누구도 죽은 당나귀를 본 적이 없잖아."라고 말했었고, 다른 이들은 이 아리송한 답변에 만족해야만 했었다.

일요일에는 일하지 않았다. 아침 식사는 평소보다 한 시간 늦어졌고, 식사 후에는 반드시 매주 거르지 않는 의식이 있었다. 우선 깃발을 게양했다. 스노볼은 마구실에서 존스 부인의 낡은 녹색 테이블보를 찾아냈고 그것에 발굽과 뿔 하나를 하얗게 그려 넣었었다. 이것이 매주 일요일 아침 농가 정원의 게양대에 올려졌다. 깃발은 녹색으로, 영국의 녹색 들판을 표현했고, 한편 발굽과 뿔은 인간 종족이 종내 전복되고 일어날 동물 공화국을 의미한다고 스노볼은 설명했다. 깃발을 게양한 후 모든 동물들은 '회의'로 불리는 일반적인 조회를 위해 커다란 헛간으로 행군해 갔다. 여기서 다음 주의 일이 계획되고 결의안이 제시되고 논의되었다. 결의안을 제시하는 것은 언제나 돼지들이었다. 다른 동물들은 투표하는 방법은 이해했지만, 스스로는 어떤 결의안에 대한 생각을 결코 할 수 없었다. 스노볼과 나폴레옹은 논의에서 가장 적극적이었다. 그렇지만 둘 간에는 결코 의견이 일치하지 않는다는 것이 드러났는데, 그들 중 하나가 어떤 제안을 하든, 다른 쪽은 그것의 반대편에 서곤 했다. 심지어 과수원 뒤에 작은 방목장은 일할 나이를 넘어선 동물들의 쉼터로 따로 떼어두기로 결의할 때조차-그 자체로는 누구도 반대할 수 없는 사안이다-각 동물의 종에 따른 적절한 은퇴 시기를 두고 격렬한 논쟁을 벌였다. 모임은 언제나 〈영국의 짐승들〉을 노래하는 것으로 끝이 났고, 오후는 오락 시간으로 정해졌다.

돼지들은 별도로 마구실을 자신들의 본부로 삼았다. 여기에서, 그들은 저녁마다 농가에서 가져온 책을 통해 대장장이 일, 목공 일과 그 밖의 필요한 기술들을 공부했다. 스노볼은 또한 그가 동물 위원회라 부르는 것을 조직하느라 바빴다. 그는 이 일에 지치지 않았다. 그는 암탉을 위한 계란 생산 위원회, 암소를 위한 청결한 꼬리 연맹, 야생 동지의 재교육 위원회(이것의 목적은 쥐와 토끼들을 길들이는 것이었다), 양을 위한 흰 울 운동과 그 밖에 읽기와 쓰기 수업을 도입하는 등, 다른 동물들을 위한 여러 가지 위원회를 만들었다. 전체적으로 보아, 그 계획들은 실패했다. 야생동물을 길들이려는 시도는, 예컨대 거의 즉시 실패했다. 그들은 이전처럼 매우 똑같이 행동하기를 계속했고, 관대히 대했을 때, 단순히 그것의 이점만 취했다. 고양이는 재교육 위원회에 참가해 얼마간 매우 적극적으로 활동했다. 그녀가 어느 날 지붕에 앉아 자신의 손이 닿지 않는 몇몇 참새들과 대화를 나누고 있는 모습이 눈에 띄었다. 그녀는 이제 모든 동물들이 동지여서 원하는 참새 누구라도 자신의 발 위에 내려앉을 수 있다고 말하고 있었다. 그렇지만 참새들은 자신들의 거리를 그대로 유지했다.

하지만 읽고 쓰는 수업은 큰 성공을 거두었다. 가을 들어 농장의 거의 모든 동물들이 어느 수준에서 읽고 쓸 수 있었다.

돼지들의 경우로 말하자면, 그들은 이미 완벽하게 읽고 쓸 수 있었다. 개들은 읽는 것을 상당히 잘 익혔지만, 7계명 말고는 다른 어떤 것도 읽는 것에 관심을 갖지 않았다. 염소 뮤리얼은 개들보다 좀더 잘 읽을 수 있었고, 때때로 다른 이들에게 저녁에 자신이 쓰레기 더미에서 찾은 신문 쪼가리를 읽어주곤 했다. 벤저민은 여느 돼지 못지않게 읽을 수 있었지만, 결코 자신의 능력을 행사하지 않았다. 자신이 보기에 읽을 만한 가치가 있는 것은 하나도 없다, 고 그는 말했다. 클로버는 알파벳을 전부 익혔지만, 단어를 조합할 수는 없었다. 복서는 D를 넘어서지 못했다. 그는 흙바닥에 거대한 발굽으로 A, B, C, D를 그려놓고는, 귀를 뒤로 세우고, 가끔 갈기를 흔들면서, 다음에 올 게 무엇인지 기억해내기 위해 무진 애를 쓰며, 글자들을 바라보며 서 있곤 했지만 결코 성공하지는 못했다. 사실, 수차례 그는 E, F, G, H를 배웠지만 그것들을 알 때쯤에 이르면, 언제나 A, B, C와 D를 잊은 상태라는 걸 깨닫곤 했다. 마침내 그는 첫 네 글자에 만족하기로 결심하고, 기억을 떠올리며 그것들을 하루에 한두 번 써보곤 했다. 몰리는 자신의 이름자인 여섯 글자 말고는 익히는 걸 거부했다. 그녀는 잔가지 조각들로 그것을 아주 깔끔하게 만들어, 꽃 한두 송이로 장식하고는 감탄하며 그 주위를 돌기도 했다.

농장의 다른 동물들 누구도 A 다음으로 더 나아가지 못했다. 또한 양, 암탉, 그리고 오리 같은 우둔한 동물들은 머릿속에 7계명을 익히는 것조차 가능하지 않다는 것이 드러났다. 많은 생각 끝에 스노볼은 7계명은 사실 하나의 격언으로 축소시킬 수 있다고 선언했다. 즉, "네 다리는 좋고, 두 다리는 나쁘다."였다. 이것은, 동물주의의 근본적인 원리를 담고 있다고 그는 말했다. 이것을 철저히 납득하고 있는 이는 누구라도 인간의 영향력으로부터 안전할 거라고도 했다. 새들은 자신들 또한 두 다리를 가지고 있는 것으로 여겨졌기 때문에 처음에는 반대했다. 그렇지만 스노볼은 그게 꼭 그렇지만은 않다는 것을 입증해 보였다.

"동지들, 새의 날개는, 추진 기관이지 조작 기관이 아닙니다." 그는 말했다. "따라서 그것은 다리로 간주되어야만 하는 것입니다. 인간을 구분 짓는 표식은 온갖 해악을 행하는 도구로서의 손입니다."

새들은 스노볼의 긴 말들을 이해할 수 없었지만, 그의 설명을 받아들였고, 모든 겸손한 동물들은 가슴으로 새로운 격언을 익히는 데 착수했다. '네 다리는 좋고, 두 다리는 나쁘다.'가 헛간의 끝 벽, 7계명 위에 더 큰 글자로 쓰여졌다. 일단 그것을 외우게 되자, 양들은 이 격언을 매우 좋아하기 시작했고, 종종 들판에 누워, "네 다리는 좋고, 두 다리는 나쁘다! 네 다리는 좋고, 두 다리는 나쁘다!" 하고 전부 울어대기 시작해서 몇 시간을 쉬지 않고 결코 싫증내지 않고 계속했다.

나폴레옹은 스노볼의 위원회들에는 관심을 두지 않았다. 그는 어린이들의 교육이 이미 성장한 이들에게 하는 것보다 더 중요하다고 말했다. 제시와 블루벨 둘이 건초 수확 후 바로 새끼를 낳는 일이 발생했는데, 그들 사이에 아홉 마리의 건강한 강아지들이 태어났다. 그들이 젖을 떼자마자, 나폴레옹은 그들의 교육에 관해 자신이 책임질 것이라고 말하면서 엄마로부터 그들을 떼어내 갔다. 그는 그들을 마구실에서 단지 사다리로 오를 수 있는 다락방으로 데리고 갔고, 농장의 나머지 동물들이 곧 그들의 존재를 잊었을 만큼 그곳에 그들을 격리시켜 두었다.

우유가 어디로 사라졌는지에 대한 수수께끼는 곧 풀렸다. 돼지들의 곡물 사료에 매일 섞였던 것이다. 풋사과들이 이제 익어가고 있었고, 과수원의 풀은 바람에 떨어진 과일로 뒤덮였다. 동물들은 당연히 그것들이 공평히 나눠질 거라고 짐작했었다. 그러나, 하루는 떨어진 과일 전부를 모아서 돼지들이 쓰게 마구실로 가져오라는 지시가 내려왔다. 이에 대해 다른 동물들 몇몇이 구시렁거렸지만, 소용없었다. 모든 돼지들이 이 방침에 전적으로 동의했다. 심지어 스노볼과 나폴레옹조차. 스퀼러가 다른 이들에게 필요한 설명을 하기 위해 보내졌다.

"동지들!" 그가 소리쳤다. "나는 여러분이, 우리 돼지들이 이기심과 특권 의식으로 이런 일을 하고 있지 않나? 상상하지 않길 바랍니다. 우리 대부분은 실제로 우유와 사과를 좋아하지 않습니다. 저 자신부터 좋아하지 않습니다. 저것들을 취하는 우리의 유일한 목적은 우리의 건강을 보호하기 위해서입니다. 우유와 사과는(이것은 과학적으로 증명된 겁니다, 동지들) 돼지들의 건강에 절대적으로 필요한 요소를 포함하고 있습니다. 우리 돼지들은 두뇌 노동자들입니다. 이 농장의 전체 운영과 조직이 우리에게 의존하고 있습니다. 밤낮으로 우리는 여러분의 복리를 살펴보고 있습니다. 우리가 우유를 마시고 사과를 먹는 것은 여러분의 이익을 위해서입니다. 만약 우리 돼지들이 우리의 의무에 실패하면 무슨 일이 벌어질지 아시나요? 존스가 돌아올 것입니다! 그래요. 존스가 돌아올 겁니다! 확실합니다. 동지들." 스퀼러가 거의 애원하듯 소리쳤다, 이편저편으로 깡충깡충 뛰고 꼬리를 살랑살랑 흔들면서. "설마 여러분 중에 존스가 돌아오는 것을 보기 원하는 이는 없겠죠?"

이제 동물들에게 전적으로 확실한 게 하나 있다면, 그들은 존스가 돌아오는 걸 원치 않는다는 것이었다. 그것이 그렇듯이 언급되면, 그들은 더 이상 할 말이 없었다. 돼지들이 건강을 좋게 유지하는 일의 중요성은 또한 너무나 명백했다. 그리하여 우유와 바람에 떨어진 사과들(그리고 물론 사과들이 익었을 때의 주요 수확물 또한)은 돼지들만을 위해 비축되어야만 한다는 것에 더 이상의 논쟁 없이 동의되었다.

4

늦여름까지 동물농장에서 벌어졌던 일에 대한 소식이 그 나라 절반으로 퍼져나갔다. 매일 스노볼과 나폴레옹은 이웃 농장의 동물들과 섞여 그들에게 반란에 대한 이야기를 하고, 〈영국의 짐승들〉 곡조를 가르치라는 지시를 내린 비둘기를 날려 보냈다.

이즈음 대부분의 시간을 존스 씨는 윌링던의 레드 라이언 술집에 앉아, 말을 들어주는 누구에게나 자기가 아무짝에도 쓸모없는 동물들에 의해 소유지로부터 쫓겨나 고통받고 있는 그 기괴한 부당함에 대해 불평하면서 보냈다. 다른 농부들은 원칙적으로는 동정했지만, 처음에 그를 크게 돕지는 않았다. 내심으로는, 그들 각자가 존스의 불행을 어떤 식으로든 그 자신의 이익으로 환원할 수 있을지 어떤지를 비밀스레 궁금해하고 있었던 것이다. 동물농장에 인접한 두 농장의 주인들이 변함없이 나쁜 사이라는 것은 행운이었다. 그 가운데 하나는, 폭스우드라는 이름으로, 크고, 방치된, 구식 농장이었다. 산림이 너무 우거졌고, 목초지 전부가 황폐해졌으며 산울타리는 볼썽사나울 지경이었다. 그것의 주인인, 필킹턴 씨는 자신의 시간 대부분을 계절 따라 낚시와 사냥에 소비하는, 태평한 신사 농부였다. 또 하나는, 핀치필드라 불리던 농장으로, 그보다 훨씬 작았지만 관리는 잘되고 있었다. 그곳의 주인은 프레더릭 씨로, 강인하고, 빈틈없는 사람인데, 헐값 흥정을 한다는 명목으로 시종 소송에 연루되어 있었다. 이들 둘은 자신의 이익을 지키는 일에조차 어떤 합의도 이르기 힘들 만큼 서로를 너무나 싫어했다.

그럼에도 불구하고, 그들 두 사람은 동물농장의 반란으로 완전히 겁을 먹고 있었고, 자기들의 동물들이 그 일에 관해 너무 많은 것을 알지 못하게 막으려 애쓰고 있었다. 처음에 그들은 스스로 농장을 운영한다는 동물들의 생각을 경멸하며 비웃는 척했다. 모든 사안은 2주 안에 끝날 거라고 그들은 말했다. 그들은 장원농장(그들은 장원농장이라 부르기를 고집했는데, '동물농장'이라는 이름을 용인할 수 없었던 것이다) 동물들이 자기들끼리 끊임없이 싸우고 또한 빠르게 굶어 죽어가고 있다고 말을 옮겼다. 시간이 흘러 동물들이 굶어 죽지 않은 것이 분명해지자, 프레더릭과 필킹턴은 말을 바꾸어 지금 동물농장에서 벌어지고 있는 끔찍스러운 사악함에 대해 목소리를 높이기 시작했다. 그곳에서 동물들은 동족을 잡아먹고, 시뻘겋게 달아오른 편자로 서로를 고문하고, 암컷들을 공동으로 취한다는 소문을 퍼뜨렸다. 그것이 자연의 법칙에 대항한 반란의 결과라고 프레더릭과 필킹턴은 말했다.

그러나, 그 이야기들이 완전히 믿겼던 것은 아니었다. 인간이 쫓겨나고 동물들이 자신들의 할 일을 스스로 관리하는, 놀랄 만한 농장에 대한 소문은, 막연하고 비뚤어진 형태로 계속해서 유포되었고, 그해 내내 반란의 물결은 그 지방을 휩쓸었다. 항상 온순했던 황소가 갑자기 사납게 돌변했고, 양들은 울타리를 부수고 토끼풀을 먹어 치웠으며, 암소는 우유 통을 차 넘어뜨리고, 사냥말들은 울타리를 벗어나는 걸 거부하고 타고 있는 사람을 반대편으로 내동댕이쳐버렸다.

무엇보다, 〈영국의 짐승들〉의 곡조와 가사까지 구석구석 알려졌다. 그것은 놀랄 만큼 빠르게 퍼져나갔다. 인간들은 그 노래를 들었을 때 분노를 억누를 수 없었음에도, 그저 터무니없어 하는 척만 했다. 그들은 이해할 수 없다며, 정말이지 어떻게 동물들이 스스로 그런 비열하고 쓰레기 같은 노래를 부르게 된 거냐고 말하곤 했다. 어떤 동물이든 그것을 부르다 잡히면 그 자리에서 매질을 당했다. 그럼에도 그 노래를 막을 수는 없었다. 지빠귀들이 울에서 지저귀었고, 비둘기들이 느릅나무에서 울어댔으며, 대장간의 소음과 교회 종소리의 곡조 속에 섞여들었다. 그리고 인간들은 그것을 들을 때면, 자신들의 미래의 파멸에 대한 예언을 듣는 것 같아, 남몰래 떨었다.

10월 초순에, 옥수수를 잘라 쌓아두고 그 가운데 일부를 이미 타작한 때, 한 떼의 비둘기들이 허공을 선회하며, 몹시 흥분해서 동물농장의 마당으로 날아 앉았다. 존스와 그의 일꾼들이, 폭스우드와 핀치필드로부터 다른 여섯 명과 함께, 다섯 개의 빗장으로 된 정문을 통과해 농장으로 이어진 마찻길을 올라오고 있다는 것이었다. 그들은, 손에 총을 들고 선두에서 이끌어 행군해오는 존스를 제외하고는 모두 몽둥이를 들고 있었다. 분명히 그들은 농장 탈환을 시도할 예정이었다.

이것은 오래전 예상된 것이었고, 모든 준비가 마련되어 있는 상태였다. 농가에서 찾은 줄리어스 시저의 군사작전에 관한 오래된 책으로 공부한 스노볼이, 방어 작전을 지휘했다. 그는 빠르게 명령을 내렸고, 몇 분 만에 모든 동물들이 자신들의 위치에 있었다.

인간들이 농장 건물에 접근했을 때, 스노볼이 첫 번째 공격에 착수했다. 서른다섯 마리에 이르는 모든 비둘기들이, 사람들 머리 위로 이리저리 날아올라 허공에서 똥을 내갈겼다. 그리고 사람들이 이것을 상대하는 동안, 울타리 뒤에 숨어 있던 거위들이, 돌진해 나가 종아리를 사납게 쪼아댔다. 그러나, 이것은 단지 작은 무질서를 만들어내기 위해 의도된, 작은 충돌의 묘책이었고, 사람들은 그들의 몽둥이로 거위들을 쉽게 물리쳤다. 스노볼은 이제 두 번째 공격 대열에 착수했다. 선두에 스노볼이 서서 뮤리얼, 벤저민과 모든 양들과 함께, 돌진해 나가 사방에서 사람들을 찌르고 들이받았고, 그사이 벤저민은 몸을 돌려 작은 발굽으로 그들을 후려쳤다. 그렇지만 몽둥이와 징 박힌 부츠로 무장한 사람들은 너무 강했다. 그리고 갑자기, 스노볼의 후퇴하라는 신호인 꽥꽥거리는 소리에, 모든 동물들은 돌아서 울타리 문을 통해 마당으로 달아났다.

사람들은 승리의 환호성을 올렸다. 그들은 상상했던 것처럼 적들이 도주하는 것을 봄으로써, 무질서하게 그들 뒤를 쫓았다. 이것이 바로 스노볼이 의도했던 것이었다. 그들이 마당 안으로 들어서자마자, 세 마리 말과 암소 셋, 그리고 외양간에 매복해 있던 나머지 돼지들이 갑자기 그들의 후미에 나타나, 퇴로를 차단했다. 스노볼은 이제 돌격하라는 신호를 내렸다. 그 자신은 존스를 향해 곧장 돌진했다. 존스는 그가 오는 것을 보았고, 총을 들어 발포했다. 총알은 스노볼의 등을 따라 기다란 핏자국을 남겼고, 양 한 마리가 쓰러져 죽었다. 한순간의 주저함도 없이, 스노볼은 존스의 다리로 15스톤(95.25kg) 무게의 몸뚱이를 날렸다. 존스는 똥 무더기에 처박혔고 총이 그의 손을 떠나 날아갔다. 그렇지만 무엇보다 가장 끔찍했던 광경은 복서였는데, 그의 뒷다리를 추켜세워 편자 박은 발굽으로 종마처럼 때려대는 것이었다. 바로 그 첫 번째 한 방은 폭스우드의 마구간 사내의 머리를 때렸고 그를 진흙 속에 죽은 듯 처박아버렸다. 그 광경에, 서너 명의 사내들이 몽둥이를 던져버리고 달아나려 애썼다. 공포가 그들을 덮었고, 다음 순간 모든 동물들이 함께 그들을 쫓아 마당을 돌고 돌았다.

그들은 뿔에 받히고, 채이고, 물리고, 짓밟혔다. 뒤늦게 자기 자신의 방식으로 그들에게 복수하지 않은 동물은 농장에 없었다. 심지어 고양이조차 갑자기 지붕에서 소 치는 사내의 어깨 위로 뛰어내려 발톱으로 그의 목을 할퀴었고, 사내는 끔찍한 비명을 질러댔다. 입구가 열린 순간, 사람들은 오히려 기뻐하며 마당을 벗어났고 주도로를 향해 쏜살같이 내달렸다. 그리하여 침입한 지 5분 만에 그들은 면목 없이, 거위 떼들이 그들 뒤에서 쉿쉿대며 줄곧 장딴지를 쪼아대는 가운데 자신들이 쳐들어왔던 것과 같은 방식으로 퇴각했다.

한 명을 제외한 모든 사람들이 떠났다. 마당으로 돌아온 복서는 진흙 속에 얼굴을 박고 있는 마구간 사내를 돌아 눕히려 애쓰며 그의 발굽으로 건드려 보았다. 그 청년은 조금도 움직이지 않았다.

"그가 죽었어," 복서가 슬픔에 가득 차 말했다. "난 그럴 의도가 없었는데. 내가 쇠 신발을 신고 있다는 걸 잊었어. 이게 고의가 아니었다는 걸 누가 믿을까?"

"감상에 젖을 필요 없소, 동지!" 여전히 피를 흘리고 있는 상처 입은 스노볼이 소리쳤다. "전쟁은 전쟁일 뿐이오. 오직 좋은 인간은 죽은 인간뿐이오."

"나는 생명을 빼앗고 싶지 않아, 설령 인간의 생명이라도." 복서가 되풀이했고, 그의 눈은 눈물로 가득 찼다.

"몰리는 어디 있나요?" 누군가 소리쳤다.

몰리가 정말 사라졌다. 잠시 동안 커다란 술렁임이 있었다. 사람들이 어떤 식으로든 그녀를 해쳤거나, 그들에게 끌려갔을 수도 있다는 두려움 때문이었다. 하지만, 종국에 그녀는 자신의 마구간에서 여물통의 건초 사이에 얼굴을 파묻고 있다가 발견되었다. 그녀는 총이 발사되자마자 달아났던 것이다. 또한 다른 이들이 그녀를 찾아서 돌아왔을 때, 다만 정신을 잃고 있던 그 마구간 사내가 회복되어 일찌감치 달아나 버린 것을 발견했다.

동물들은 이제 흥분된 상태로 다시 모였고, 각자가 목소리를 높여 전투에서의 자신의 공훈을 이야기했다. 즉석에서 승리를 축하하는 행사가 바로 열렸다. 깃발이 게양되었고 〈영국의 짐승들〉이 여러 번 불려졌으며, 그리고 나서 죽은 양에 대한 엄숙한 장례가 치러져서, 산사나무 묘목이 무덤 위에 꽂혔다. 무덤가에서 스노볼은 모든 동물들이 만약 필요하다면 동물농장을 위해 죽을 준비가 되어 있어야 한다는 점을 강조하는 짧은 연설을 했다.

동물들은 군사 훈장을 만들 것을 만장일치로 결정했고, 그 자리에서 '동물 영웅, 일급 훈장'이 스노볼과 복서에게 수여되었다. 그것은 일요일과 공휴일에 착용하도록 하는 놋쇠 메달(그것들은 실제로 마구간에서 찾아낸 얼마간의 오래된 말 장식이었다)로 이루어졌다. 또한 '동물 영웅, 2급 훈장'이 죽은 양에게 사후에 수여되었다.

그 전투를 무엇이라 부를지에 대한 많은 논의도 있었다. 마침내, 그것은 '외양간 전투'로 이름 붙여졌다. 매복했다 습격이 이루어진 곳이 거기였기 때문이다. 존스 씨의 총이 진흙 속에서 발견되었고, 농가 안에 여분의 탄약이 있다는 게 알려졌다. 그것은 깃발 게양대 앞에 세워 두었다가, 한 문의 대포처럼 일 년에 두 번 발사하기로 결정되었다. 한 번은 10월 12일, 외양간 전투의 기념일에, 그리고 한 번은 반란의 기념일인 하짓날이었다.

5

겨울이 가까워지면서, 몰리는 점점 더 골칫거리가 되어갔다. 그녀는 매일 아침 일에 늦었고 스스로 늦잠을 잤다고 용서를 구했으며, 이해하기 힘든 고통을 호소했고, 그럼에도 식욕은 왕성했다. 갖은 핑계로 그녀는 일에서 벗어났고 저수지로 가서는, 그곳에서 물에 비친 자신을 응시하며 바보같이 서있곤 했다. 그런데 거기엔 더 심각한 소문들이 있었다. 하루는 몰리가 마당에서 긴 꼬리를 활달하게 흔들며 건초 줄기를 씹으며 태평스레 어슬렁거리고 있을 때였다. 클로버가 그녀를 한쪽으로 데려갔다.

"몰리," 그녀가 말했다. "네게 좀 진지하게 할 말이 있구나. 오늘 아침 나는 네가 동물농장과 폭스우드 경계에서 울타리 너머를 바라보고 있는 것을 봤어. 필킹턴 씨네 일꾼 중 한 사람이 울타리 건너편에 서 있었고 말야. 또-멀긴 했지만 내가 그걸 본 건 거의 확실해-그는 네게 말하고 있었고, 너는 그가 네 코를 쓰다듬는 걸 허락하고 있었고 말야. 그건 무슨 뜻이니, 몰리?"

"그 사람은 안 그랬어요. 나도 안 그랬고! 사실이 아니에요!"

앞발로 땅을 긁고 뒷다리를 껑충거리면서, 몰리가 소리쳤다.

"몰리! 나를 똑바로 쳐다보렴. 명예를 걸고 맹세할 수 있니? 그 사람이 네 코를 쓰다듬지 않았다는 걸?"

"그건 사실이 아니에요!" 몰리는 되풀이했지만, 클로버를 똑바로 쳐다보지 못했고, 다음 순간 그녀는 발꿈치를 들고는 들판으로 질주해갔다.

생각 하나가 클로버에게 떠올랐다. 다른 이들에게 아무 말 않고, 그녀는 몰리의 마구간으로 가서는 발굽으로 짚단을 뒤집어 보았다. 그 짚 아래 숨겨져 있는 것은 작은 각설탕과 다른 색깔의 여러 리본들이었다.

3일 후 몰리가 사라졌다. 몇 주 동안 그녀가 어디 있는지 아는 이는 아무도 없었다. 그러고 나서 비둘기들이 월링던 반대편에서 그녀를 봤다고 보고했다. 그녀는 선술집 밖에 세워진 붉고 검게 칠해진 멋진 이륜마차의 끌채 사이에 서 있었다. 체크 바지에 각반 차림의, 선술집 주인처럼 보이는, 붉은 안색의 뚱뚱한 사내가 그녀의 코를 쓰다듬으면서 설탕을 먹이고 있었다. 그녀의 털은 새롭게 잘렸고 이마 갈기에는 자주색 리본이 둘려 있었다. 그녀는 스스로 즐기고 있는 것처럼 보였다고, 비둘기들이 말했다. 동물들 중 누구도 다시는 몰리에 대해 언급하지 않았다.

1월은 몹시 혹독한 추위가 몰아닥쳤다. 땅은 쇠처럼 단단해졌고 들판에서 할 수 있는 일은 아무것도 없었다. 많은 회의들이 큰 헛간에서 열렸고, 돼지들은 다가올 계절의 일을 계획하는 데 몰두했다. 다른 동물들보다 명백히 영리한 돼지들이 농장 정책의 모든 문제를 결정해야 한다는 것이 받아들여졌지만, 그들의 결정은 다수결에 의해 비준되어야만 했다. 이러한 방식은 스노볼과 나폴레옹 사이의 다툼만 지속되지 않았다면 충분히 잘 운용되었을 테다. 그들 둘은 가능한 모든 지점에서 의견 충돌을 일으켰다. 그들 가운데 하나가 보리로 더 큰 면적을 파종하자고 제안하면, 다른 쪽은 반드시 귀리를 더 많이 경작하자고 요구했고, 그중 하나가 그런저런 들판에 양배추를 심는 게 딱 맞겠다고 하면, 다른 쪽은 거기엔 근채류말고는 어떤 것도 유용하지 않다고 단언하는 식이었다. 각자 자신의 추종자들을 가지고 있었고, 얼마간의 격렬한 논쟁이 있었다. 회의에서 스노볼은 빛나는 연설로 자주 다수결에서 앞섰지만, 나폴레옹은 유세 중 틈틈이 자신에 대한 지지를 호소하길 더 잘했다. 그의 호소는 특히 양에게 성공적이었다. 최근 양들은 시도 때도 없이 "네 다리는 좋고, 두 다리는 나쁘다."를 소리 내어 외쳤고, 종종 이것으로 회의를 방해하곤 했다. 특히 눈에 띄는 것은 그들이 스노볼 연설의 결정적인 순간에 "네 다리는 좋고, 두 다리는 나쁘다."라고 외치며 끼어들기 일쑤라는 것이었다. 스노볼은 그가 농가에서 찾아낸 몇 권의 〈농부와 축산업자〉 과월호를 면밀히 연구해서, 많은 계획을 가지고 있었다. 그는 들판의 밭 배수로, 사일리지*와 염기성 슬래그**, 그리고 모든 동물들이 이동하는 수고를 줄이기 위해 자신들의 똥을 매일 다른 곳의 밭에 직접 누는 복잡한 기획 등에 대해 박학하게 말했다. 나폴레옹은 스스로 아무 계획들도 내놓지 못했지만, 스노볼의 계획들은 모두 허사가 될 거라고 조용히 말했고, 자신의 시간을 기다리는 것처럼 보였다. 그렇지만 그들의 모든 논쟁 가운데, 풍차를 놓고 벌인 것보다 격렬했던 논쟁은 없었다.

농장 건물에서 멀지 않은 곳에 있는 긴 방목장에는, 농장에서 가장 높은 곳인 작은 언덕이 있었다. 지대를 조사한 연후에, 스노볼은 이곳이 발전기를 작동해 전기를 만들어낼 풍차를 놓기 위해 적당한 곳이라고 단언했다. 이것이 마구간에 불을 밝힐 테고 겨울에 그곳을 따뜻하게 덥혀줄 것임은 물론, 원형 톱과, 절삭기, 사탕무 절단기, 그리고 전기 착유기를 작동시킬 수 있을 거라고 했다. 동물들은 이전에 이런 종류의 어떤 것도 들어본 바가 없었기에(그 농장은 구식이었고 단지

* 가축의 겨울 먹이로 말리지 않은 채 저장하는 풀.
** 산화칼슘을 비롯한 염기성 산화물이 많이 들어 있는 슬래그.

가장 오래된 기계만 가지고 있었기 때문이다). 스노볼이 자신들이 벌판에서 편안히 풀을 뜯어 먹거나 독서와 대화로 마음을 증진시키는 동안 자신들을 대신해 일해줄 환상적인 기계들에 대해 그림을 그려 보이는 동안 놀라움으로 듣고 있었다.

몇 주 지나지 않아 풍차에 관한 스노볼의 계획이 완전히 모습을 드러냈다. 기계적인 세부사항은 대부분 존스 씨의 책 세 권에서 나왔다. 『집에 대해 해야 할 천 가지 유용한 것들』, 『모든 사람들은 스스로의 벽돌공이다』와 『전기 입문서』였다. 스노볼은 한때 부화실로 쓰던, 그림 그리기에 적당한 매끄러운 나무 바닥이 있는 창고를 연구실로 사용했다. 그는 그곳에 한 번 들어가면 몇 시간을 틀어박혀 보냈다. 책들을 돌로 눌러 펼쳐놓고, 분필 조각을 발가락 틈새에 끼운 채로, 그는 앞뒤로 빠르게 움직였고, 선과 선을 그리면서 흥분해 작은 신음소리를 토해내곤 했다. 점차 그 계획은 바닥의 절반을 덮을 만큼, 복잡한 크랭크와 톱니바퀴 덩어리로 커갔고, 다른 동물들은 완전히 이해할 수는 없었지만 매우 깊은 인상을 받았다. 그들 전부는 적어도 하루 한 번씩 스노볼의 그림을 보기 위해 왔다. 암탉과 오리조차 와서는, 분필 자국을 밟지 않기 위해 고생했다. 단지 나폴레옹만 냉담했다. 그는 시작부터 그 풍차를 반대한다고 선언했었다. 그러나 하루는, 그가 뜻밖에 그 계획을 검토하기 위해 왔다. 그는 헛간을 느릿느릿 걸으며 돌아보았다. 계획의 모든 세부사항을 면밀히 보았고 한두 번 코를 킁킁거렸다. 그러고는 곁눈질로 그것들을 살피며 깊이 생각하는 동안 잠시 서 있기도 했다. 그러다가 갑자기 그는 다리를 들어올리더니, 그 계획 위로 오줌을 싸고는, 한마디 말도 없이 밖으로 걸어 나갔다.

농장 전체가 풍차 문제로 심각히 분열되었다. 스노볼은 그것이 어려운 사업이라는 걸 부인하지 않았다. 돌을 운반해 와서 벽을 쌓아야만 하고, 그다음 날개를 만들어야 하고 그 후 발전기와 전선이 필요할 터였다. (그것들이 어떻게 조달될 것인지에 대해서는, 스노볼은 말하지 않았다.) 그렇지만 그는 그 모든 것이 일 년 안에 마쳐질 것이라고 주장했다. 그리고 그 후에는, 동물들이 단지 일주일에 3일만 일해도 될 만큼 많은 노동력이 절약될 것이라고 단언했다. 반면에 나폴레옹은 이 순간 정말 필요한 것은 식량 생산을 늘리는 것이며, 만약 풍차를 만드느라 시간을 소비한다면 모두 굶어 죽게 될 것이라고 주장했다. 동물들은 "스노볼과 주 3일 노동을 위해 투표하자"와 "나폴레옹과 배불리 먹을 여물통을 위해 투표하자"라는 두 개의 슬로건 아래 두 개의 진영을 형성했다. 벤저민은 양 진영 어느 편도 들지 않은 유일한 동물이었다. 그는 먹을 게 더 풍부해지리라거나 풍차가 일을 줄여줄 거라는 것 어느 쪽도 믿으려 하지 않았다. 풍차든, 풍차가 아니든, 삶은 항상 진행되었던 것처럼, 즉 나쁘게, 흘러갈 테니까, 라고 그는 말했다.

풍차에 관한 분쟁과는 별개로, 농장 방어에 대한 문제가 있었다. 비록 인간들이 외양간 전투에서는 패퇴했지만 농장을 탈환하고 존스 씨를 복위시키려는 더 결연한 시도를 또다시 하리라는 것은 충분히 예상할 수 있었다. 그들의 패배 소식이 지방을 가로질러 퍼졌고 이웃 농장들의 동물들은 이전보다 더 부리기 힘들어졌기 때문에 그들은 그렇게 해야 할 훨씬 더 많은 이유를 갖게 된 셈이었다. 평소처럼, 스노볼과 나폴레옹은 의견이 일치하지 않았다. 나폴레옹에 따르면, 동물들이 총기를 획득해 그것들을 사용하도록 훈련해야만 한다는 것이었다. 스노볼에 따르면, 더 많은 비둘기들을 보내 다른 농장 동물들 사이에서 반란을 일으키자는 것이었다. 한쪽은 스스로 방어할 수 없다면 정복당할 수밖에 없다고 주장했고, 다른 한쪽은 곳곳에서 반란이 일어난다면 스스로를 방어할 필요도 없을 것이라고 주장했다. 동물들은 처음에는 나폴레옹의 말에, 그러고는 스노볼의 말에 귀를 기울였고, 어느 쪽이 옳은지 결정을 내릴 수가 없었다. 사실, 그들은 항상 그 시점에서 말하고 있는 이에게 동의하고 있는 자신을 발견하곤 했다.

마침내 스노볼의 계획이 완성된 그날이 왔다. 돌아오는 일요일 회의에서 풍차에 대한 작업을 시작할지 말지에 대한 문제가 투표에 부쳐질 예정이었다. 동물들이 커다란 헛간에 모였을 때, 스노볼이 일어서서는, 비록 가끔 구호를 외쳐대는 양들의 방해에도 불구하고, 풍차 건설을 지지해야 하는 이유에 관해 설명했다. 그러고 나서 나폴레옹이 대응하기 위해 일어섰다. 그는 매우 빠르게 풍차는 터무니없는 생각이라며 그에 대해 누구도 투표하지 말 것을 권고하고 나서, 지체 없이 다시 앉았다. 그는 거의 30초도 말을 하지 않았고, 자신이 뱉어낸 말의 효과에 대해서는 무관심한듯 여겨졌다. 이때 스노볼이 벌떡 일어나, 다시 구호를 외치기 시작한 양들에게 소리지르며, 열정적인 호소로 풍차에 대한 옹호를 펼치기 시작했다. 이제까지 동물들은 감정적으로 거의 동등하게 나뉘어 있었지만, 한순간에 스노볼의 연설이 그들을 휩쓸어갔다. 빛나는 문장으로 그는 동물들의 등에서 고된 노동이 덜어내겼을 때의 동물농장에 대한 상황을 그려 보였던 것이다. 그의 상상력은 이제 절삭기와 순무 절단기를 훨씬 뛰어넘어 있었다. 그는 전기로 탈곡기와, 쟁기, 써레, 롤러와 수확 탈곡기를 작동할 수 있고, 그 밖에 모든 마구간에 각각의 전깃불과, 더운물과 찬물, 그리고 전기 히터를 공급할 수 있다고 말했다. 그가 연설을 마친 그때, 투표가 어디로 진행될지에 대해서는 의심의 여지가 없었다. 그렇지만 바로 그 순간 나폴레옹이 일어서서는, 그 특유의 곁눈질로 스노볼을 흘겨보면서, 이전에 한 번도 들어본 적 없는 종류의 고음으로 신음소리를 내었다.

바로 이때 밖에서 끔찍한 개 짖는 소리가 들렸고, 놋쇠가 박힌 목걸이를 한 커다란 개 아홉 마리가 헛간 안으로 뛰어 들어왔다. 그들은 곧장 스노볼에게 달려들었고, 적시에 그 자리에서 튀어 오른 그는 몰려든 그들의 이빨을 피했다. 순식간에 그는 문밖에 있었고 그들은 그를 뒤쫓았다. 말을 하기엔 너무 놀라 겁에 질린, 모든 동물들이 그 추격전을 지켜보기 위해 문으로 몰려들었다. 스노볼은 큰길로 난 긴 방목장을 가로질러 내달리는 중이었다. 그는 돼지가 할 수 있을 만큼 달리고 있었지만, 개들은 발뒤꿈치까지 따라붙었다. 갑자기 그가 미끄러졌고 그들에게 붙잡힐 게 확실해 보였다. 그때 그는 다시 일어나서는, 이전보다 더 빨리 달렸고, 개들은 다시 그를 쫓고 있었다. 그들 중 하나가 스노볼의 꼬리에 막 입이 닿았지만, 스노볼은 때맞춰 그것을 털어내고 달아났다. 그러고는 남은 힘을 다해 달린 끝에, 간발의 차이로 울타리의 구멍을 미끄러져 통과해 더 이상 보이지 않게 되었다.

겁에 질려 입을 다문 동물들이 헛간으로 소리 없이 돌아왔다. 곧바로 개들이 다시 뛰어 들어왔다. 처음엔 누구도 그 짐승들이 어디에서 온 것인지 떠올려볼 수 없었지만 의문은 곧 풀렸다. 그들은 나폴레옹이 그들의 어미로부터 빼앗아 은밀히 기른 강아지들이었다. 아직 완전히 자라지 않았음에도 불구하고, 그들은 큰 개들이었고 늑대들처럼 위협적이었다. 그들은 나폴레옹에게 바싹 다가갔다. 다른 개들이 존스 씨에게 하곤 하던 것과 같은 방식으로 그에게 자신들의 꼬리를 흔드는 게 눈에 들어왔다.

나폴레옹은, 그를 따르는 개들과 함께, 이제 소령이 이전에 연설하기 위해 썼던 바닥의 높은 부분에 올랐다. 그는 이제부터 일요일 아침 회의는 없앨 것이라고 발표했다. 그것들은 불필요하며 시간 낭비라고, 앞으로 농장 일에 관련한 모든 문제는, 자신이 위원장으로 있는 돼지들의 특별위원회에서 해결될 것이다. 자신들은 비공식적으로 만날 테고 자신들의 결정은 다른 이들에게 이후에 전달될 것이다. 동물들은 여전히 일요일 아침 깃발에 경례하고, 〈영국의 짐승들〉을 부르기 위해 모일 테고 그 주에 관한 지시사항을 받게 될 것이다. 그렇지만 더 이상의 논쟁은 없을 것이다, 라고 그는 말했다.

스노볼의 축출이 안겨준 충격에도 불구하고, 동물들은 이 선언으로 크게 실망했다. 그들 가운데 몇몇이라도 만약 적당한 논거를 찾을 수 있었다면 항의했을 것이다. 심지어 복서조차 막연히 불안스러워졌다. 그는 귀를 뒤로하고 앞 갈기를 여러 번 흔들었고, 그의 생각을 정리하려 애썼다. 그렇지만 끝내 그는 어떤 말도 생각해낼 수 없었다. 하지만 돼지들 가운데 몇몇이 더 분명하게 표현했다. 앞 열의 젊은 돼지들 넷이 못마땅해하는 소리를 날카롭게 내었고, 넷 모두는 벌떡 일어나 즉시 발언하기 시작했다. 그렇지만 갑자기 나폴레옹 둘레에 앉아 있던 개들이 위협적으로 으르렁거렸고, 그 돼지들은 입을 다물고는 다시 자리에 앉았다. 그때 양들이 "네 다리는 좋고, 두 다리는 나쁘다!"를 엄청난 울음소리로 토해냈는데, 그것은 거의 15분간 계속되었고 토론 기회는 끝장나버렸다.

이후에 스퀼러가 다른 이들에게 새로운 협의사항을 설명하기 위해 농장으로 파견되었다.

"동지들," 그는 말했다. "저는 여기 모든 동물들이 나폴레옹 동지가 스스로 이 가외 노동을 떠안게 된 그 희생에 대해 고마워하고 있다고 믿습니다. 동지들, 지도자의 임무가 즐거울 거라고 생각지 마십시오! 반대로, 그것은 깊고 무거운 책무입니다. 모든 동물들이 평등하다는 것을 나폴레옹 동지보다 더 확고히 믿는 이는 아무도 없을 것입니다. 그도 여러분의 결정을 스스로 내리게 만들면 너무 좋을 것입니다. 그렇지만 때때로 잘못된 결정을 내릴 수 있지 않겠습니까, 동지들. 그러면 우리는 어디에 놓여 있게 될까요? 여러분이 터무니없는 풍차와 함께 스노볼을 따르기로 결정했었다고 상상해보십시오. 스노볼이 누굽니까, 이제 우리가 알고 있는 것처럼, 범죄자보다 나을 게 없는 자 아닙니까?"

"그는 외양간 전투에서 용감하게 싸웠소." 누군가가 말했다.

"용감함만으로는 충분치 않습니다." 스퀼러가 말했다. "충성과 복종이 더욱 중요합니다. 외양간 전투에 대해서라면, 스노볼의 역할이 너무 과장되었다는 걸 우리가 알게 될 날이 오리라고 나는 믿습니다. 기율입니다, 동지들, 강철 같은 기율! 그것이 오늘의 강령이요. 한 걸음만 삐끗해도 적들이 우리를 덮칠 것입니다. 설마, 동지들, 존스가 돌아오는 걸 원하는 건 아니겠죠?"

다시 한번 이 주장은 반박될 수 없었다. 틀림없이 동물들은 존스가 돌아오는 것을 원치 않았기 때문이다. 만약 일요일 아침 토론회가 열리는 것이 그를 돌아오게 만들 것 같다면, 그땐 그 토론회는 그만두어야만 하는 것이다. 이제까지 생각할 시간을 가졌던 복서는, 대체적인 느낌을 말로써 표명했다. "만약 나폴레옹 동지가 그렇게 말했다면, 그건 옳은 게 틀림없어." 그러고 나서 그는 자신의 개인적 좌우명 '내가 더 열심히 일할 테다'에 더해, '나폴레옹은 언제나 옳다'는 그 처세훈을 취했다.

이 무렵 날씨가 풀렸고 봄 경작이 시작되었다. 스노볼이 풍차에 관한 계획을 그렸던 작업장은 폐쇄되었고, 그 계획은 바닥에서 문질러 지워진 것으로 추정되었다. 매주 일요일 아침 10시에 동물들은 그 주에 관한 지시를 받기 위해 커다란 헛간에 모였다. 이제 살이 깨끗이 발라진, 늙은 소령의 두개골은 과수원으로부터 파내어져 깃대 아래, 총 옆 남은 부분에 진열되었다. 깃발이 게양된 후, 동물들은 헛간에 들어가기 전에 경건한 마음으로 그 두개골을 도열해 지나도록 요구되었다. 이즈음 그들은 과거에 했던 것처럼 전부 함께 앉지 않았다. 나폴레옹은, 스퀄러와 미니무스라는 이름의, 노래와 시를 짓는 데 주목할 만한 재능이 있는 다른 돼지와 함께, 튀어나온 연단 앞쪽에 앉았고, 아홉 마리 젊은 개가 원을 형성해 그들을 둘러앉았으며, 다른 돼지들이 뒤쪽에 앉았다. 나머지 동물들은 그들을 바라보면서 헛간 본체에 앉았다. 나폴레옹이 거친 군인 스타일로 그 주에 관한 지시사항을 읽고, 〈영국의 짐승들〉을 한 번 부른 뒤, 모든 동물들은 흩어졌다.

스노볼이 축출되고 나서 세 번째 일요일에, 동물들은 마침내 풍차를 세우겠다는 나폴레옹의 발표를 듣고 다소 놀랐다. 그는 자신의 마음이 바뀐 것에 대해서는 어떤 이유도 밝히지 않았지만, 단지 이 광대한 일은 매우 힘든 작업이 될 것을 의미한다고 경고했다. 그들의 배급조차 줄일 필요가 있다고 했다. 하지만 계획은 마지막 사소한 하나까지 전부 준비되어 있는 상태였다. 돼지들의 특별위원회가 지난 3주 동안 거기에 매달렸던 것이다. 다른 다양한 개량 작업과 함께, 풍차를 세우는 일은 2년이 소요될 것으로 예상되었다.

그날 저녁 스퀼러는 다른 동물들에게 나폴레옹이 실제로는 풍차를 반대했던 게 아니라고 은밀하게 설명했다. 그 반대로, 처음에 그것을 주창한 이는 그였고, 스노볼이 부화실 바닥에 그렸던 그 도면도 사실은 나폴레옹의 서류에서 훔친 거라는 거였다. 그 풍차는, 사실, 나폴레옹 자신의 창조물이었다는 것이다. 그러면, 왜 그는 그렇게 강하게 그것에 반대했던 거냐고 누군가 묻자, 스퀼러는 매우 교활한 표정을 지었다. 그건, 나폴레옹 동지의 계략이었다, 라고 그는 말했다. 그는 위험한 성격에 나쁜 영향을 끼치는 스노볼을 제거하기 위해 단지 전술적으로 풍차에 반대하는 것처럼 보였다는 것이다. 이제 스노볼이 제거되었으니, 그 계획은 그의 간섭 없이 진행될 수 있게 되었다. 이것이 전략이라 불리는 것이라고, 스퀼러는 말했다. 그는 즐거운 웃음과 함께 자신의 꼬리를 흔들고 깡충깡충 뛰면서 여러 번 되풀이했다. "전략이요, 동지들, 전략!" 동물들은 그 말의 의미를 확실히 몰랐지만, 스퀼러가 그렇게 구변 좋게 말하고, 어디선가 나타나 그와 함께 있는 세 마리 개들이 너무 위협적으로 으르렁거렸으므로, 그들은 더 이상 의심 없이 그의 설명을 받아들였다.

6

그해 내내 동물들은 노예처럼 일했다. 그렇지만 그들은 자신들의 일에 행복했다. 그들은 그들이 하는 모든 일이 게을러터지고 도둑질만 해가는 다수의 인간들을 위해서가 아니라 자신들과 뒤에 올 후손의 이익을 위해서라는 걸 잘 알고 있었기에 수고와 희생을 아끼지 않았다.

봄과 여름 동안 그들은 한 주에 60시간을 일했고, 8월에 나폴레옹은 더군다나 일요일 오후에도 일해야 할 거라고 발표했다. 이 일은 전적으로 자발적이었지만, 그것에 참여하지 않는 동물은 배급이 절반으로 줄어들어야 했다. 그렇게 해도, 어떤 작업들은 하지 못하고 남겨둘 필요가 있기에 이르렀다. 수확은 앞선 해에 비해 조금 덜 성공적이었고, 초여름에 근채류 씨앗이 뿌려졌어야 할 밭 두 개가 적절한 시기까지 일찍 쟁기질이 완료되지 않았기에 씨를 뿌리지 못했다. 다가올 겨울이 힘든 시기가 될 거라는 예측이 가능했다.

풍차는 예기치 못한 어려움을 겪었다. 농장에는 훌륭한 석회암 채석장이 있었고, 풍부한 모래와 시멘트가 외딴집 하나에서 발견되었으므로, 모든 건축 자재가 손아귀에 있었다. 그렇지만 동물들이 먼저 풀어야만 될 문제는 그 돌을 어떻게 적당한 조각으로 깨뜨리느냐는 것이었다. 이것은 곡괭이와 쇠지레 말고는 할 수 있는 방법이 없어 보였지만, 뒷다리로 설 수 있는 동물은 없었기에, 그것을 사용할 수 있는 동물들이 없었다. 몇 주간의 헛수고를 벌인 후에야 괜찮은 생각이 누군가에게서 나왔다 – 즉, 중력을 이용하는 것이었다. 그대로 사용하기에는 너무 크고 멀리 있는, 거대한 바위들이 채석장 바닥에 널려 있었다. 동물들은 거기에 로프를 둘러 묶었고, 그러고는 전부 함께, 소 말, 양, 로프를 잡아당길 수 있는 동물들이–때때로 돼지들조차 위태로운 순간에는 합류했다– 그것들을 필사적으로 천천히 채석장 꼭대기 비탈 위로 끌고 가서는, 끝에서 조각나게 했다. 한번 깨진 돌을 운반하는 일은 비교적 간단했다. 말들은 수레로 날랐고, 양은 한 덩이씩 끌었다. 뮤리얼과 벤저민조차 낡은 이륜마차에 스스로 멍에를 씌워 자기 몫을 했다. 늦여름까지 충분한 돌무더기가 모아졌고, 그러고는 돼지들의 감독 아래 풍차를 세우는 작업이 시작되었다.

그러나 그것은 느리고 힘든 과정이었다. 돌 하나를 채석장 꼭대기까지 끄는 수고가 하루 온종일이 소요되는 경우가 잦았고, 때때로 그 끝에서 밀어 떨어뜨렸지만 깨어지지 않는 때도 있었다. 복서가 없이는 아무것도 이룰 수 없었는데, 그의 힘은 나머지 동물들 전부를 합친 것과 같아 보였다. 바위가 미끄러지면서 자신들이 언덕 아래로 끌려가는 것을 안 동물들이 절망적으로 울부짖을 때면, 언제나 복서가 그 로프에 억지로 자신의 몸을 밀착해서 바위를 멈추게 했다. 조금씩 비탈을 타 오르면서, 빨라지는 호흡과, 땅을 긁는 발굽 끝, 땀으로 범벅된 옆구리의 그를 보면서 모두는 탄성을 자아냈다. 클로버는 때때로 그에게 과로하지 말라고 주의를 주었지만 복서는 결코 말을 들으려 하지 않았다. 그의 두 개의 슬로건, '내가 더 열심히 일할 테다'와 '나폴레옹은 언제나 옳다'는 그에게 모든 문제의 충분한 답처럼 여겨지는 듯했다. 그는 수탉과 협의해 아침에 30분이 아니라 45분 일찍 깨우도록 했다. 또한 남는 시간이면, 요즘에는 많지도 않았지만, 그는 혼자 채석장으로 갔고 부서진 돌 한 짐을 골라, 누구의 도움도 없이 풍차가 있는 곳까지 끌고 가곤 했다.

동물들은 그해 여름 동안 고된 작업에도 불구하고 상황이 심하게 나쁘지는 않았다. 그들은 존스 시대에 비해 더 먹지는 못했다 해도, 적어도 덜 먹지는 않았다. 오직 자신들만 먹는다는 이점과 무엇보다 사치스러운 인간 다섯을 부양하지 않는다는 점이 그 밖의 많은 결점을 상쇄시킬 만큼 몹시 큰 것이었다. 또한 많은 면에서 동물들이 일하는 방식은 더 효율

적이고 노동력을 덜어주었다. 예컨대, 잡초 제거 같은 일들은 인간으로서는 불가능할 정도로 완벽히 해낼 수 있었다. 다시 말하지만, 이제 훔치는 동물이 없었기에, 목초지에서 경작지 까지 담장이 필요하지 않았고, 그것은 곧 울타리와 문을 유 지하는 데 드는 많은 노동력을 덜어주었다. 그럼에도 불구하 고, 여름이 지나면서 예상치 못했던, 여러 부족한 물건들이 생겨나기 시작했다. 등유, 못, 끈, 개 비스킷, 그리고 말굽을 위한 쇠 등 농장에서 생산할 수 있는 것은 아무것도 없었다. 후에는 또한 씨앗들과 인공 비료가 필요할 테고, 그 밖에 다 양한 도구와, 종국에는, 풍차를 위한 기계가 필요할 터였다. 그것들을 어떻게 생산할 것인지에 대해서는 누구도 생각해 내지 못했다.

어느 일요일 아침, 동물들이 지시를 받기 위해 모였을 때, 나폴레옹은 새로운 정책을 결정했다고 발표했다. 이제부터 동 물농장에서는 이웃 농장들과 거래를 하겠다는 것이었다. 물론 상업적인 목적은 아니고, 단순히 긴급히 필요한 특정한 물자 를 얻기 위해서라는 것이었다. 풍차의 필요성은 다른 어떤 것 보다 중요시되어야 한다고 그는 말했다. 따라서 건초더미와 올 해의 밀 작물 일부를 팔 채비를 하고 있는 중인데, 이후에, 만 약 돈이 더 필요하게 될 경우, 계란을 파는 것으로 충당해야만 할 거라고 했다. 왜냐하면 그것은 윌링던에 항상 시장이 있기 때문이었다. 암탉들은 풍차를 만드는 데 있어서 특별히 기여할 수 있는 이 희생을 환영해야 한다고 나폴레옹은 말했다.

다시 한번 동물들은 막연한 불안감에 휩싸였다. 인간과 어떤 거래를 해서는 안 된다, 장사를 해서는 안 된다, 돈을 사용해서는 절대 안 된다. 그것들은 존스를 추방한 후 첫 번째 승리 회의에서 가장 먼저 통과시켰던 결의안이 아니었던가? 모든 동물들은 그런 결의안을 통과시킨 것을 기억했다. 아니, 적어도 그들은 기억한다고 생각했다. 나폴레옹이 회의를 폐지했을 때 항의했었던 네 명의 젊은 돼지가 소심하게 목소리를 높였지만, 무섭게 으르렁거리는 개들로 인해 즉시 입을 다물었다. 그때, 보통 때처럼, 양들이 "네 다리는 좋고, 두 다리는 나쁘다!"를 외쳐댔고 그 잠깐 동안의 어색함은 부드러워졌다. 마침내 나폴레옹이 조용히 하라며 그의 발을 들어올렸고 이미 모든 준비가 되어 있다고 선언했다. 어떤 동물도 인간과 접촉하는 일은 명백히 바람직하지 않은 일이니 그럴 필요는 없다고 했다. 모든 부담을 자신의 어깨에 짊어질 작정이란 것이었다. 윌링던에 살고 있는 사무 변호사 휨퍼 씨가 동물농장과 바깥세상 사이의 중재자로서 역할을 하는 것에 동의했고, 매주 월요일 아침 그의 지시를 받기 위해 농장을 방문할 터라는 것이었다. 나폴레옹은 보통 때처럼 "동물농장이여 영원하라!"라고 외치는 것으로 연설을 끝냈고 〈영국의 짐승들〉을 부른

후에 동물들은 해산했다.

　나중에 스퀼러가 농장을 한 바퀴 돌면서 동물들의 마음을 가라앉혔다. 그는 장사를 하고 돈을 사용하는 데 대한 결의안이 통과되었다거나, 혹은 제안된 적조차 없었다고 확언했다. 그것은 순전히 상상으로, 아마 추적해보면 스노볼에 의해 퍼트려진 거짓말로 시작되었을 것이라고 말했다. 몇몇 동물들은 여전히 약간 의심스러움을 느꼈지만, 스퀼러는 그들에게 기민하게 물었다. "확실해요? 그거 꿈을 꿨던 거 아닌가요, 동지들? 그런 결의안에 대한 기록을 가지고 있소? 어디에 그런 게 쓰여 있나요?" 일종의 쓰여서 존재하는 것은 아무것도 없는 게 확실한 사실이었으므로, 동물들은 자신들이 잘못 알고 있었다고 받아들였다.

　월요일이면 휨퍼 씨가 예정되어 있던 대로 농장을 방문했다. 그는 구레나룻이 난 교활해 보이는 키 작은 사내로, 아주 작은 사업 방식의 사무 변호사이지만, 동물농장이 중개인을 필요로 하고 그 수수료를 챙길 가치가 있다는 걸 다른 누구보다 일찌감치 깨달을 만큼 충분히 날카로웠다. 동물들은 일종의 두려움으로 그가 오가는 걸 지켜보았고, 가능한 최대한도로 그를 피했다. 그럼에도 불구하고, 두 발로 서 있는 휨퍼에게 네 발로 기면서 지시를 내리는 나폴레옹의 모습은, 그들에게 자신감을 불러일으켰고 새로운 방식을 부분적으로 받아들이게 했다. 인간 종족과의 관계는 이제 완전히 이전 같지 않았다. 사람들이 이제 번창해 있는 동물농장을 덜 미워하고 있는 것은 아니었다. 사실은, 어느 때보다 더 미워했다. 모든 사람들이 농장은 조만간 파산의 길을 걷고, 무엇보다 풍차는 실패할 거라는 걸 신념처럼 붙들고 있었다. 그들은 주점에서 만나 도표를 그려가며 다른 이들에게 풍차는 무너져 내릴 가능성이 크거나, 그것이 세워진다 해도, 작동하지 않을 거라는 걸 입증해 보이곤 했다. 그럼에도 불구하고, 그들의 의지와 반대로, 동물들이 자신들의 일을 효율성 있게 관리하는 것에 대해 어떤 존경심을 갖기에 이르렀다. 이에 대한 하나의 징후로 그들은 그것의 제대로 된 이름인 '동물농장'이라 부르기 시작했고 '장원농장'이라 부르는 체하는 것을 그만두었다. 그들은 또한 자신의 농장을 되찾을 희망을 포기하고 그 지역의 다른 곳에서 살기 위해 떠난 존스에 대한 옹호도 거두어들였다. 휨퍼를 통하는 것 말고는, 아직까지 동물농장과 바깥세상 사이에 접촉은 없었지만, 나폴레옹이 곧 폭스우드의 필킹턴 씨나 핀치필드의 프레더릭 씨와 확실한 사업 합의에 들어갈 거라는 소문이 끊이지 않았다. 그렇지만 결코, 둘 다와 동시에 하지는 않을 거라고 알려져 있었다.

돼지들이 갑자기 농가로 들어가 그곳을 거처로 삼은 것도 거의 이 무렵이었다. 동물들은 이에 반하는 결의안이 일찍이 통과되었다는 것이 기억나는 듯했지만, 다시 스퀼러는 이것은 그런 경우가 아니라고 그들을 납득시킬 수 있었다. 농장의 머리인 돼지들이, 일하기에 조용한 곳을 가져야만 하는 것은 절대적으로 필요하다. 그것은 또한 한낱 돼지우리보다는 집 안에 사는 것이 지도자(최근 들어 그는 '지도자'라는 타이틀로 나폴레옹을 언급했다)의 위엄에 어울린다, 라고 말했다. 그럼에도 불구하고, 일부 동물들은 돼지들이 식당에서 식사를 하고 오락실처럼 거실을 사용할 뿐만 아니라, 침대에서 잠을 잔다는 것을 듣고는 매우 불안했다. 복서는 평소처럼 "나폴레옹은 언제나 옳다!"로 넘겨버렸지만, 클로버는, 침대에 대한 확실한 결정을 기억하는 그녀는, 헛간 끝으로 가서 거기에 새겨 있는 7계명을 풀기 위해 애썼다. 자신은 개별 글자 이상 읽을 수 없다는 것을 알아채고, 그녀는 뮤리얼을 데리고 왔다.

"뮤리얼." 그녀가 말했다. "네 번째 계명을 내게 읽어줄래요. 침대에서 자지 말라는 것에 관해 말하고 있는 것 아닌가요?"

어렵게 뮤리얼이 그것을 읽었다.

"그건, '동물은 시트가 있는 침대에서 자면 안 된다'고 하는데요." 그녀가 마침내 알려주었다.

이상한 일이지만, 클로버는 네 번째 계명에서 시트를 언급한 기억이 없었다. 그렇지만 그것이 벽에 써 있다면, 그럴 것이 틀림없었다. 그리고 이때 두세 마리 개를 수행하고 지나다 나타난 스퀼러가, 적절한 관점에서 문제 전체를 설명해주었다.

"우리 돼지들이 이제 농가의 침대에서 잔다는 소릴 들은 모양이군요?" 그가 말했다. "그런데, 동지들, 왜 안 되나요? 설마, 침대를 금하는 규정이 있었다고 생각하는 건 아니겠죠? 침대는 단지 잠자는 곳을 뜻해요. 마구간의 짚 더미도 정확히 말해 침대죠. 규정은 시트에 대한 겁니다. 그건 인간의 고안물이니까요. 우리는 농가 침대에서 시트를 제거하고 담요 사이에서 잡니다. 그 역시 매우 안락한 잠자리죠! 그렇지만, 동지들, 오늘날 모든 두뇌 노동을 우리가 해야 하는 만큼, 필요로 하는 만큼 안락한 것도 아니라고 말할 수 있습니다. 여러분은 우리의 휴식을 빼앗으려는 것은 아니겠죠, 동지들 그렇죠? 우리가 너무 피곤해서 우리의 의무를 다하지 못하길 바라는 건 아니겠죠? 설마 여러분 가운데 존스가 돌아오는 걸 보고 싶어 하는 이가 있는 건 아니겠죠?"

동물들은 이점에 관해 그를 즉시 안심시켰고, 돼지들이 농가 침대에서 자는 것에 대해 더 이상 아무 말도 하지 않았다. 그리고 며칠이 지나, 이제부터 돼지들은 다른 동물들보다 아침에 한 시간 늦게 일어날 거라는 발표가 있었고, 그에 관해서 역시 불평은 없었다.

가을에 동물들은 고단했지만 행복했다. 힘든 한 해를 보냈고, 건초와 옥수수 일부를 판 후, 겨울을 나기 위한 식량 저장

고가 넉넉히 넘쳐나지는 않았지만, 풍차는 그 모든 것을 상쇄해주었다. 그것은 이제 거의 절반쯤 지어져 있었다. 수확 후 맑고 건조한 날씨가 이어졌고, 동물들은 그 어느 때보다 열심히 일했다. 그렇게라도 해서 한 단이라도 더 쌓아올릴 수 있다면 돌덩이를 이리저리 옮기는 고된 작업은 충분히 가치 있는 일이라고 생각하고 있었다. 복서는 심지어 밤에 혼자 나와 가을 달빛 아래서 한두 시간을 더 일하곤 했다. 여가 시간에 동물들은 반쯤 마무리된 풍차 주위를 걸어서 둘러보곤 했는데, 그 벽의 견고함과 직립성에 감탄하며 자신들이 그렇듯 당당한 것을 세울 수 있었다는 것에 대해 경이로워했다. 다만 나이 든 벤저민만은 풍차에 대해 열광하지 않았고, 평소처럼, 당나귀들은 오래 산다는 비밀스러운 말 외에는 아무 말도 입밖에 내지 않았다.

거센 남서풍과 함께 11월이 왔다. 공사는 시멘트를 섞기에는 너무 많은 비가 내렸기에 중단되어야만 했다. 종내에는 돌풍이 너무 강해서 농장 건물들의 토대가 흔들리고 여러 개의 기와가 헛간 지붕에서 날려가는 날도 있었다. 암탉들은 먼 곳에서 터져 나오는 총소리를 듣는 꿈을 일제히 꾸고는 두려움에 울부짖으며 깨어났다. 아침에 동물들이 우리 밖으로 나와서는 깃대가 바람에 날려 쓰러지고 과수원 밑의 느릅나무가 무처럼 뽑힌 것을 발견했다. 그들이 이것을 막 알아차렸을 때 모든 동물들의 목구멍에서 절망적인 울부짖음이 터져 나왔다. 참담한 광경이 그들 눈에 들어왔던 것이다. 풍차가 파괴되어 있었다.

일제히 그들은 그곳으로 달려 내려갔다. 나폴레옹이, 좀처럼 걸어서 움직이는 법 없는 그가, 그들 모두에 앞서서 달려갔다. 그랬다, 거기에 그것이 누워 있었다, 그들의 모든 분투의 결실, 그것의 토대부터 편편해져 있었다. 그들이 너무나 힘들게 깨서 날랐던 돌들이 사방에 흩어져 있었다. 처음에는 말도 못 하고, 그들은 무너져 나뒹굴고 있는 돌덩이들을 슬픔에 잠겨 바라보며 서 있기만 했다. 나폴레옹은 침묵하며 가끔 땅에 대고 코를 킁킁거리며 이리저리 서성였다. 그의 꼬리는 뻣뻣해졌고 이편저편으로 날카롭게 흔들렸다. 그의 정신 활동이 극렬하다는 징후였다. 갑자기 그는 마치 마음을 굳히기라도 한 것처럼 멈추었다.

"동지들," 그가 조용히 말했다. "누가 이 일에 책임이 있는지 아시오? 밤에 와서 우리의 풍차를 무너뜨린 적이 누구인지 아시오? 바로 스노볼입니다!" 그는 갑자기 우레 같은 목소리로 포효했다. "스노볼이 이런 짓을 한 것이오! 순전히 원한에 맺혀, 우리의 계획을 저지하고 자신의 수치스러운 추방에 대해 복수할 생각으로 말이오. 이 배신자는 야밤을 틈타 몰래 잠입해서는 우리가 거의 1년을 작업한 걸 파괴한 것이오. 동지들, 지금 이 자리에서 저는 스노볼에게 사형을 선고합니다. 그를 처결하는 동물에게 '동물 영웅, 2급 훈장'과 사과 반 부셸을 드리겠소. 그를 산 채로 생포하는 자에겐 한 부셸을 드리겠습니다!"

동물들은 스노볼이 심지어 그런 짓을 저질렀다는 사실에 엄청난 충격을 받았다. 분노의 외침이 있었고, 모두는 만약 스노볼이 돌아온다면 잡을 방법들을 생각하기 시작했다. 거의 곧바로 돼지 발자국이 언덕에서 조금 떨어진 풀밭에서 발견되었다. 그들은 겨우 몇 야드를 추적할 수 있었지만, 산울타리에 구멍이 나 있는 게 보이기 시작했다. 나폴레옹은 거기에 깊이 코를 대고 킁킁거렸고 스노볼의 짓이라고 선언했다. 그는 스노볼이 아마 폭스우드 농장 쪽에서 왔을 거라고 의견을 내놓았다.

"더 이상 지체할 수 없소, 동지들!" 나폴레옹이 발자국을 조사하고는 소리쳤다. "해야 할 일이 있소. 바로 오늘 아침부터 우리는 풍차를 재건하기 시작해서, 비가 오든 해가 나든, 우리는 겨울 내내 건설할 것이오. 우리 이 야비한 배신자에게 우리의 작업을 그렇게 쉽게 망가뜨릴 수 없다는 것을 가르쳐 줍시다. 기억하시오, 동지들, 우리의 계획에 변경이 있어서는 결코 안 될 것이오. 그것들은 그날까지 진행될 것이오. 동지들, 앞으로 가! 풍차여 영원하라! 동물농장이여 영원하라!"

?

    지독한 겨울이었다. 폭우가 있었던 날씨는 진눈깨비와 눈이 뒤따랐고, 그러고는 2월까지도 꺾이지 않는 두터운 서리가 내렸다. 동물들은 바깥세상이 자신들을 지켜보고 있고 만약 풍차를 제때 마치지 못하면 시기심 많은 인간들이 크게 기뻐하며 환희에 차리라는 것을 너무나 잘 알고 있었기에 풍차를 재건하는 데 할 수 있는 최선을 다해 매달렸다.

    악의로, 인간들은 풍차를 파괴한 건 스노볼이라는 것을 믿지 않는 척했다. 그것이 무너진 것은 벽이 너무 얇았기 때문이라고 말했다. 동물들은 이것은 그런 경우가 아니라고 이해했다. 그럼에도, 이번엔 벽을 이전의 45센티 대신에 90센티로 쌓기로 결정한 상태였고, 그것은 훨씬 더 많은 분량의 돌을 모아야 한다는 것을 의미했다. 오랫동안 채석장은 눈이 가득 쌓여 있어서 아무것도 할 수 없었다. 서리 내린 건조한 날에는 약간의 진척이 따랐지만, 그것은 고통스러운 작업이었고, 동물들은 이전에 그것에 대해 가졌던 희망을 느낄 수 없었다. 그들은 항상 추웠고, 또한 늘 배가 고팠다. 오직 복서와 클로버만 용기를 잃지 않았다. 스퀼러가 봉사의 즐거움과 노동의 존엄에 대한 훌륭한 연설을 했지만, 다른 동물들은 복서의 힘과 "내가 더 열심히 일할 테다!"라는 한결같은 외침에 더 감화받았다.

1월 들어 식량이 부족해졌다. 곡물 배급이 대폭 줄었고, 그것을 벌충하기 위해 여분의 감자 배급이 나올 것이라는 발표가 있었다. 그런데 감자 작물의 대부분이 더미째 서리를 맞은 것이 발견되었다. 그것은 충분히 두텁게 덮여 있지 않은 상태였던 것이다. 감자들은 무르고 변색되어 있었고, 먹을 수 있는 것은 정말 얼마 되지 않았다. 한번은 며칠 동안 왕겨와 사탕무 외에는 먹을 게 아무것도 없었다. 굶어 죽을 일이 눈앞에 닥친 듯했다.

이 사실을 바깥세상에 숨기는 게 극도로 필요했다. 풍차의 붕괴로 힘을 얻은 인간들은 동물농장에 관한 새로운 거짓말들을 지어내기 시작했다. 거듭 모든 동물들이 기근과 질병으로 죽어가고 있고, 계속해서 자기들끼리 싸우며 동족과 새끼를 잡아먹는 것에 의지하고 있다고 말하고 있었다. 나폴레옹은 만약 식량 상황의 실제 사실이 알려지면 따를 나쁜 결과를 잘 인식하고 있었고, 따라서 그는 반대 인상을 퍼트리기 위해 휨퍼 씨를 이용하기로 결정했다.

지금까지 동물들은 휨퍼의 주말 방문 중에 거의 혹은 전혀 그와 접촉한 적이 없었다. 하지만 이제 선별한 동물들 몇몇이, 주로 양들이, 그가 듣는 중에 배급이 늘었다고 무심코 말하도록 지시받았다. 게다가 나폴레옹은 창고의 대부분 비어 있는 쓰레기통을 거의 모래로 채우고는, 남아 있는 낱알과 빻은 곡물로 덮도록 지시했다. 적당한 핑계로 휨퍼를 창고를 통해 지나가도록 이끌어서 쓰레기통을 얼핏 볼 수 있도록 하기 위해서였다. 그는 속아 넘어갔고, 바깥세상으로는 동물농장에 음식 부족은 없다는 보고가 계속 전해졌다.

그럼에도 불구하고 1월이 끝나가면서 어디에서건 곡물을 더 구해야 할 필요가 있다는 것은 명백해졌다. 이즈음 나폴레옹은 대중 앞에 거의 나타나지 않는 대신, 그의 시간 전부를 사나워 보이는 개들로 하여금 각각의 문을 지키게 만든 농가에서 보냈다. 그가 모습을 드러낼 때는, 여섯 마리 개가 가까이서 그를 둘러싸고 만약 누군가 너무 가까이 오면 으르렁거리며 호위토록 하는 것이 하나의 의식 행위처럼 따랐다. 빈번하게 그는 일요일 아침조차 나타나지 않고, 지시는 다른 돼지들 가운데 하나를 통해 내려졌는데, 보통 스퀼러를 통해서였다.

어느 일요일 아침 스퀼러는 방금 다시 알을 낳기 위해 들어온 암탉들에게 그들의 계란을 넘겨주어야만 한다고 알렸다. 나폴레옹이 휨퍼를 통해, 일주일에 400개의 계란을 넘기겠다는 계약을 받아들였던 것이다. 그 값이면 여름이 와서 상황이 더 수월해질 때까지 농장을 유지할 곡물 알갱이와 빻은 곡식 가루의 값을 충분히 치를 수 있을 터였다.

암탉들이 이에 대해 듣고는, 무서운 고함을 질러댔다. 그들은 앞서 이런 희생이 필요할지도 모른다는 통고를 받긴 했었지만, 실제로 일어날 수 있을 거라곤 믿지 않았던 것이다. 그들은 막 봄 부화를 위해 품을 알들을 모으고 있었으므로, 지금 알들을 빼앗아가는 것은 살해 행위라고 항의했다. 존스의 추방 이후 처음으로 반란 비슷한 것이 있었다. 젊은 블랙 미노르카종 세 마리에 이끌린 암탉들은 나폴레옹의 바람을 좌절시키기 위해 단호한 노력을 기울였다. 그들의 방법은 서까래로 날아올라 거기서 알을 낳아, 바닥에 산산조각 나게 하는 것이었다. 나폴레옹은 신속하고 무자비하게 행동했다. 그는 암탉들의 배급을 중단하라고 명령했고, 어느 누구라도 암탉에게 옥수수 한 알이라도 주면 죽음으로 처벌받게 될 거라고 공포했다. 개들이 그 명령들이 이행되는지 지켜보았다. 5일 동안 암탉들은 저항했다. 그러고 나서 그들은 굴복하고 둥지 상자로 돌아왔다. 아홉 마리 암탉이 그동안에 죽었다. 그들의 사체는 과수원에 묻혔고, 콕시디아증*으로 죽은 것으로 발표

---

* coccidiosis, 포자충에 의한 전염병.

되었다. 휨퍼는 그 사건에 대해 아무것도 듣지 못했고, 계란은 때에 맞춰 인도되었는데, 식료품 트럭이 일주일에 한 번 그것을 내가기 위해 농장으로 달려왔다.

이 오랜 기간 동안 스노볼은 더 이상 볼 수 없었다. 그는 이웃 농장인 폭스우드나 핀치필드 가운데 하나에 숨어 있는 중이라는 소문이 돌았다. 나폴레옹은 이 시기에 다른 농장들과 이전보다 좀더 나은 교제 관계를 유지했다. 공교롭게도 마당에는 앞서 10년 전 너도밤나무 숲 개간 시 잔뜩 쌓아둔 목재 더미가 있었다. 그것은 잘 말라 있었고, 휨퍼는 나폴레옹에게 그것을 팔 것을 조언했다. 필킹턴 씨와 프레더릭 씨 둘 다 사기를 갈망한다고. 나폴레옹은 둘 사이에서, 마음을 정하지 못하고 주저하는 중이었다. 그가 프레더릭과 합의에 이를 즈음이면, 공공연히 스노볼이 폭스우드에 숨어 있는 중이라고 알려졌고, 반면 그가 필킹턴에게로 마음이 쏠리면, 스노볼이 핀치필드에 있다고 알려졌던 것이다.

갑자기, 초봄에, 놀라운 사실이 드러났다. 스노볼이 자주 밤사이 몰래 다녀가고 있다는 것이었다! 동물들은 너무 불안해서 자신들의 우리에서 거의 잠을 이룰 수 없었다. 매일 밤, 그가 어둠을 틈타 몰래 들어와서는 온갖 해악을 저지르고 있다, 고 전해졌다. 그가 옥수수를 훔쳐 갔다, 우유 통을 쏟았다, 계란을 깨트렸다, 묘판을 짓밟았다, 과일 나무를 갉아 먹었다. 어떤 나쁜 일이 생길 때마다 보통 스노볼 탓으로 돌려졌다. 만약 창문이 부서졌거나 하수구가 막혀도, 누군가는 스노볼이 밤에 와서 그렇게 했다고 확신을 갖고 말했고, 창고 열쇠가 분실되자, 농장 전체가 스노볼이 그것을 우물에 던져버린 것이라고 확신했다. 기묘하게도, 그들은 후에 그 분실된 열쇠가 곡물 포대 밑에서 발견되어도 그렇게 믿기를 계속했다. 암소들은 스노볼이 자신들의 우리로 몰래 들어와 자기들이 잠든 사이에 젖을 짰다고 만장일치로 공표했다. 그해 겨울 성가셨던 쥐들은, 또한 전부 스노볼과 작당했다고 말해졌다.

나폴레옹은 스노볼의 행각에 대한 전면적인 조사를 명했다. 자신의 개들을 동반한 가운데 그는 조사에 착수해서 농장 건물을 주의 깊게 살피며 돌아다녔고, 다른 동물들은 적당한 거리를 두고 뒤따랐다. 매번 몇 걸음마다 나폴레옹은 멈춰 서서 스노볼의 흔적을 좇아 땅에 코를 박고 킁킁거렸는데, 그것은 자신이 냄새로 찾을 수 있을 거라고 말했기 때문이다. 그는 헛간, 소외양간, 닭장, 채소밭 구석구석을 코로 킁킁거렸고, 스노볼의 흔적을 찾아냈다. 그가 코를 땅에 박곤 하다, 서너 번 깊이 냄새를 들이마시고는, 무서운 목소리로, "스노볼이야! 놈이 여기 있었어! 놈의 냄새가 분명해!" 하고 소리를 질렀고, '스노볼'이라는 그 말에 모든 개들이 소름 끼치는 소리로 으르렁거리며 옆 이빨을 드러냈다.

동물들은 잔뜩 겁을 먹었다. 마치 스노볼이 눈에 보이지 않는 영향을 끼치는 것처럼 여겨졌고, 온갖 위험으로 자신들을 위협하고 있다는 분위기가 팽배해졌다. 저녁에는 스퀼러가 그들을 전부 불러 모아서는, 얼굴에 놀란 표정을 짓고는 그들에게 보고할 심각한 소식이 있다고 말했다.

"동지들!" 스퀼러가 조금 초조해하며 깡충깡충 뛰어다니며 말했다. "정말 끔찍한 일이 발생했어요. 스노볼이 핀치필드 농장의 프레더릭에게 자신을 팔았다네요. 지금도 농장을 빼앗기 위해 우리에게 공격을 가하고 있는 그자에게 말입니다! 스노볼은 공격이 시작되면 그의 안내자로서 행동할 겁니다. 하지만 그보다 나쁜 게 있어요. 우리는 스노볼의 반란이 단지 그의 허영심과 야망 때문이라고 생각했었죠. 그렇지만 우리가 잘못 알았던 거예요, 동지들. 실제 이유가 무엇이었는지 아세요? 스노볼은 애초부터 존스와 결탁했던 겁니다! 그는 줄곧 존스의 비밀 첩자였던 거예요. 그가 전에 남겨두고 떠나고 우리가 이제 방금 발견한 서류로 전부 증명이 되었습니다. 나는 이것이 많은 것을 설명해준다고 생각해요, 동지들. 우리는 그가 외양간 전투에서 우리를 패배시키고 파멸시키기 위해, 다행히 성공하진 못했지만, 어떤 시도를 했는지 보지 않았습니까?"

동물들은 망연자실했다. 이것은 스노볼이 풍차를 파괴했

다는 것보다 훨씬 더 악의적인 일이었다. 그렇지만 그들이 그 것을 완전히 받아들이기까지는 얼마간 시간이 걸렸다. 그들은 전부 기억했다. 또는 기억한다고 생각했다. 스노볼이 외양간 전투에서 자신들 앞에서 어떻게 돌격했는지, 그가 어떻게 고비마다 자신들을 단결시키고 격려했는지, 또한 그가 존스가 쏜 총으로 등에 상처를 입었을 때조차 어떻게 한순간도 멈추지 않고 달려들었는지. 처음에는 이것이 존스 편에 있는 그의 존재와 일치한다고 보기엔 조금 어려웠다. 복서조차, 좀처럼 의문을 제기하지 않는 그조차, 어리둥절해했다. 그는 엎드려서 자신의 앞발을 밑으로 밀어 넣고, 눈을 감고는 자신의 생각을 명확히 정리하기 위해 열심히 노력했다.

"나는 그걸 믿을 수 없어," 그가 말했다. "스노볼은 외양간 전투에서 용감하게 싸웠어. 내 자신이 그걸 보았었고, 우리는 그에게 그 싸움 즉시 '동물 영웅, 1급 훈장'도 수여했잖아?"

"그게 우리의 실수였소, 동지. 이제 우리가 아는 바로는, 우리가 발견한 비밀문서에 쓰여 있는 바로는, 사실 그는 우리를 파멸로 꾀어내려 했던 거요."

"하지만 그는 부상당했어," 복서가 말했다. "우리 모두 그가 피를 흘리며 달려드는 걸 보았다고."

"그게 예정되어 있던 부분이오!" 스퀄러가 소리쳤다. "존스의 총은 단지 그에게 상처를 입히기 위해 쏘았던 겁니다. 만약 당신이 글을 읽을 수 있다면, 그 자신이 쓴 이걸 보여줄 수도 있소. 그 계략은 스노볼을 위한 거였소, 결정적인 순간에, 도피하고 전장터를 적에게 넘기라는 신호를 주기 위한. 그리고 그는 정말 거의 성공했소. 동지들, 만약 우리의 영웅적 지도자인 나폴레옹 동지가 아니었다면 그는 성공했었을 거요. 기억나지 않나요? 존스와 그의 하인들이 마당 안으로 들어왔던 바로 그 순간, 스노볼이 어떻게 갑자기 돌아서 달아났고, 많은 동물들이 그를 뒤따랐는지 말이오. 그리고 바로 그 순간, 공포심이 퍼지면서 전부 졌다고 여기고 있을 때, 나폴레옹 동지가 '인간에게 죽음을!'이라고 소리치며 튀어나와 이빨로 존스의 다리를 물었던 게 기억나지 않나요? 확실히 그건 기억하죠, 동지들?" 스퀼러가 이쪽저쪽으로 나대며 외쳤다.

이제 스퀼러가 그 장면을 너무나 생생하게 묘사하자, 동물들은 자신들이 그것을 기억했던 것같이 여겨졌다. 어쨌든 그들은 그 전투의 결정적 순간에 스노볼이 돌아서 달아났던 걸 기억하고 있었던 것이다. 그렇지만 복서는 여전히 조금 불편했다.

"나는 스노볼이 처음부터 배신자였을 거라는 건 믿을 수 없어." 그는 마침내 말했다. "그 후 그가 한 일은 달라. 하지만 나는 외양간 전투에서의 그는 훌륭한 동지였었다는 걸 믿어."

"우리의 지도자, 나폴레옹 동지께서 절대적으로 단언했소이다. 절대적으로요, 동지들. 스노볼은 바로 그 시작부터 존스의 첩자였다고. 그래요, 반란을 생각도 못 했던 오래전부터 말이오." 스퀼러가 매우 느리고 단호하게 선언했다.

"아, 그렇다면 다르지!" 복서가 말했다. "만약 나폴레옹 동지가 그렇게 말했다면, 그건 틀림없는 거야."

"그게 바른 정신이요, 동지!" 스퀼러가 소리쳤다. 그렇지만 그가 작고 반짝이는 눈으로 복서에게 매우 불쾌한 시선을 던지는 걸 알아볼 수 있었다. 그는 가려고 돌아섰고, 그러다가는 멈춰서 인상적으로 덧붙였다. "이 농장의 모든 동물들에게 자신의 눈을 크게 뜨고 있으라고 경고합니다. 우리에게는 지금 이 순간에도 스노볼의 비밀 첩자들이 우리 사이에 도사리고 있다고 여길 근거가 있기 때문이오!"

나흘 후, 오후 늦게, 나폴레옹은 모든 동물들을 마당에 모이도록 지시했다. 그들이 전부 한데 모였을 때, 나폴레옹이 자신의 메달을 달고(그는 최근 스스로 '동물 영웅, 1급 훈장'과 '동물 영웅, 2급 훈장'을 수여했기 때문이다), 옆에서 모든 동물들의 등골이 오싹하게 으르렁거리며 껑충거리고 있는 아홉 마리 개와 함께 농가로부터 모습을 드러냈다. 그들은 전부 어떤 끔찍한 일이 이제 막 일어날 것을 미리 알고 있는 것처럼 자리에서 조용히 웅크리고 있었다.

나폴레옹은 자신의 청중을 준엄하게 살피면서 서 있었다.

그러고는 아주 높은 톤으로 낑낑거리는 소리를 냈고, 즉시 개들이 앞으로 달려 나가서는 네 마리 돼지의 귀때기를 물어서는, 고통과 공포로 비명을 지르고 있는 그들을 나폴레옹 발치로 끌어왔다. 돼지들의 귀에서는 피가 흐르고 있었고, 피 맛을 본 개들은, 잠시 동안 완전히 정신이 나간 것처럼 보이기 시작했다. 놀랍게도, 그들 중 셋이 복서에게 몸을 날렸다. 복서는 그들이 달려드는 것을 보고는 자신의 거대한 말굽을 내뻗어, 공중에서 개 한 마리를 잡아 땅바닥에 대고 짓눌러 꼼짝 못 하게 했다. 그 개는 자비를 구하며 새된 소리를 냈고 다른 두 마리는 꼬리를 다리 사이에 감추고 달아났다. 복서는 그 개를 밟아 죽여야 하는지 아니면 놓아주어야 하는지를 알기 위해 나폴레옹을 바라보았다. 나폴레옹은 안색을 바꾸는 듯하더니, 복서에게 개를 놓아주도록 명령했다. 그러자 복서가 자신의 발굽을 들었고 개는 멍든 상처에 울부짖으며 슬그머니 멀어져갔다.

이내 소동은 가라앉았다. 네 명의 돼지는 얼굴 주름에 죄책감을 나타내 보이면서, 떨며 기다리고 있었다. 나폴레옹은 이제 그들에게 죄악을 고백하라고 시켰다. 그들은 나폴레옹이 일요 회의를 폐지했을 때 항의했던 바로 그 네 마리 돼지였다. 지체 없이 그들은 스노볼의 추방 이후 그와 은밀히 접촉했으며, 풍차를 파괴하는 데 그와 함께 공동 작업을 했고,

동물농장을 프레더릭 씨에게 넘기기로 협약했다고 자백했다. 그들은 스노볼 자신이 지난 몇 년간 존스의 비밀 첩자였다고 은밀히 시인했다고도 덧붙였다. 그들이 자백을 마쳤을 때, 개들이 즉각 그들의 목을 물어뜯었고, 끔찍한 목소리로 나폴레옹이 다른 동물 중에 또 자백할 게 있는지를 강력히 물었다.

계란 반란 사건을 시도했던 주동자들인 닭 네 마리가 막 앞으로 나와서는 스노볼이 자신들 꿈에 나타나 나폴레옹의 지시에 따르지 말라며 선동했다고 말하기 시작했다. 또한, 그들 역시 도살되었다. 그러고는 거위 한 마리가 앞으로 나와 작년 수확기 동안 옥수수 이삭 여섯 알을 숨겼다가 밤에 먹었다고 자백했다. 그러고 나서 양 한 마리가 '스노볼이 강력히 권해서'-그녀는, 그렇게 말했다- 먹는 물 연못에 오줌을 눴었다고 자백했고, 다른 양 두 마리는 특히 나폴레옹을 따르는 데 헌신했던 숫양 영감을, 그가 기침에 시달리고 있는 중에 모닥불 주위를 빙빙 돌게 쫓아 다녀서 죽게 만들었다고 자백했다. 그들은 전부 그 자리에서 죽임을 당했다. 그렇게 나폴레옹의 발 앞에 시체가 한 무더기 쌓이고 공기가 피 냄새로 무겁게 진동할 때까지 자백과 처형에 대한 이야기는 계속되었다. 그것은 존스의 추방 이후 벌어진 적 없던 일이었다.

그것이 전부 끝났을 때, 남겨진 동물들은, 개와 돼지들은 제외하고, 무리 지어 살금살금 달아났다. 그들은 충격을 받앗고 비참했다. 그들은 어느 것이 더 충격적인 건지 알지 못했다. 스노볼과 함께 동맹을 맺었던 동물들의 배반인지, 아니면 자신들이 방금 목격한 잔인한 보복인지. 예전에도 똑같이 끔찍한 유혈 사태가 있었지만, 그 어느 때보다, 지금 자신들 사이에서 벌어진 이것이 가장 나빠 보였다. 존스가 농장을 떠난 이후, 오늘까지, 다른 동물을 죽인 동물은 없었다. 심지어 쥐 한 마리조차 죽임을 당하지 않았다.

그들은 길을 걸어서 반쯤 끝낸 풍차가 서 있는 작은 언덕 위로 올랐고, 마치 온기를 위해 함께 옹송그리며 모인 것처럼 전부 한마음으로-클로버, 뮤리얼, 벤저민, 소들, 양, 그리고 거위와 암탉 한 무리로, 사실상 나폴레옹이 동물들에게 모이라고 명령한 바로 직전 갑자기 사라진 고양이를 제외한 모두가-웅크려 앉았다. 한동안 누구도 입을 열지 않았다. 복서는 선 채로였다. 그는 앞뒤로 서성이며, 길고 검은 꼬리로 옆구리를 때려대며 이따금 놀라움을 가라앉히느라 작은 신음을 뱉어내고 있는 중이었다. 마침내 그가 말했다.

"이해할 수가 없어. 이런 일이 우리 농장에서 일어날 수 있었다는 게 믿기지 않아. 틀림없이 우리가 잘못해서일 거야. 해결책은, 내가 보기엔, 더 열심히 일하는 거야. 이제 앞으로 나는 아침에 한 시간을 꽉 채워 일찍 일어나야겠어."

그리고 그는 빠른 걸음으로 쿵쿵거리며 떠나 채석장으로

향했다. 그곳에 이르러, 그는 연속해서 돌 두 더미를 모아서는 그날 밤 잠들기 전에 그것들을 풍차 아래까지 끌고 갔다.

동물들은 말없이 클로버 주위에 옹송그리고 있었다. 그들이 엎드려 있는 언덕은 그 지역에 펼쳐져 있는 넓은 전망을 조망할 수 있게 해주었다. 동물농장 대부분이 그들의 시야 안에 들어왔다. 주도로로 뻗어 있는 긴 목초지, 건초 밭, 작은 숲, 물을 마시는 웅덩이, 어린 밀이 푸르고 무성하게 자라 있는 경작지, 그리고 굴뚝으로부터 연기가 피어오르고 있는 농장 건물의 붉은 지붕들. 완연한 봄날 저녁이었다. 풀밭과 터질 듯한 산울타리가 태양 광선으로 금빛으로 빛나고 있었다. 그 농장이 동물들에게 그렇게 매력적인 곳으로 보였던 적은 결코 없었다. 또한 그것 하나하나가 모두 자기들 소유의 농장이라는 것을 놀라움으로 기억하면서. 클로버가 언덕 아래를 내려다보았을 때 그녀의 눈에는 눈물이 가득 고여 있었다. 만약 그녀가 자신의 생각을 말할 수 있었더라면, 자신들이 수년 전 인간 종족을 타도하기 위해 임할 때 목표했던 것은 이게 아니라고 말했을 것이다. 그러한 공포와 학살 장면은 늙은 소령이 처음 그들에게 반란을 선동했던 그날 밤 자신들이 고대했던 게 아니었다. 그녀 자신이 미래에 대한 어떤 그림을 가지고 있었다면, 그건 동물들이 굶주림과 채찍으로부터 해방되고, 모두 평등하며, 각자 자신의 능력에 따라 일하고, 소령의 연설이 있었던 날 밤 자신이 어미 잃은 오리 새끼들을 앞발로 보호해준 것처럼, 강한 자가 약한 자를 보호해주는 그런 사회였다. 그 대신-그녀는 이유는 알지 못했다- 그들은 사납게 으르렁거리는 개들이 사방을 돌아다니고, 동지들이 말도 안 되는 범죄를 고백한 후에 갈가리 찢기는 걸 지켜보아야만 하면서도 감히 누구도 자신의 속내를 드러내지 못하는 때에 이르러 있었다. 그녀의 마음속엔 반란이나 불복종에 대한 생각은 없었다. 그녀는 아무리 사정이 그럴지라도, 자신들이 존스 시대 때보다는 훨씬 나아졌다는 것을 알고 있었다. 또한 그 모든 것에 앞서 인간들이 돌아오는 걸 막을 필요가 있다는 것도. 어떤 일이 일어나도 그녀는 충실하고, 열심히 일하면서, 그녀에게 주어진 지시를 이행하고, 나폴레옹의 지도력을 받아들일 터였다. 그렇지만 여전히, 그녀와 모든 동물들이 희망하고 힘들게 일한 것은 이걸 위해서가 아니었다. 자신들이 풍차를 세우고 존스의 총알에 맞섰던 건 이런 걸 위해서는 아니었다. 비록 그것들을 표현할 말이 부족했음에도, 그것이 그녀의 생각이었다.

마침내, 어떤 면에서 이것이 그녀가 찾을 수 없는 말들을 대신한다고 느끼면서, 그녀는 〈영국의 짐승들〉을 노래하기 시작했다. 그녀 주위에 앉아 있던 다른 동물들이 그것을 따라 부르기 시작했고, 그들은 그것을 세 번씩이나 노래했다. 매우 아름답게, 하지만 느리고 구슬프게, 이전에는 불러본 바가 없는 방식으로.

그들이 그것을 부르는 걸 막 세 번째로 마쳤을 때, 두 마리 개를 수행한 스퀄러가 무슨 중요한 할 말이 있다는 분위기로 그들에게 다가왔다. 그는 그 나폴레옹 동지의 특별 명령에 의해, 〈영국의 짐승들〉은 폐지되었다고 알려주었다. 이제 앞으로 그것을 부르는 것은 금한다는 것이었다.

동물들은 깜짝 놀랐다.

"왜지?" 뮤리얼이 소리쳤다.

"더 이상 필요치 않소, 동지." 스퀄러가 뻣뻣하게 말했다. "〈영국의 짐승들〉은 혁명의 노래였소. 그런데 혁명은 이제 완결되었소. 오늘 오후 반역자들의 처형이 마지막 행동이었소. 안팎의 적들 모두를 물리친 것이오. 〈영국의 짐승들〉에서 우리는 앞으로 다가올 더 나은 사회에 대한 우리의 갈망을 표현했었소. 그러나 그 사회는 이제 확립된 거요. 명백히 그 노래는 더 이상 용도가 없어진 거요."

비록 겁에 질리긴 했을지라도, 동물들 가운데 몇몇이라도 항의했을 가능성도 있었지만, 그 순간 양들이 여느 때처럼 "네 다리는 좋고, 두 다리는 나쁘다."라며 몇 분간 계속해서 울어대기 시작해서 토의를 끝내게 만들었다.

그리하여 〈영국의 짐승들〉은 더 이상 들리지 않게 되었다.

그 자리에는 시인, 미니무스가 이렇게 시작하는 다른 노래
로 채워졌다.

동물농장이여, 동물농장이여,
나를 통하면 해를 입지 않으리!

그리고 이것은 매주 일요일 아침 깃발 게양식 후에 불려졌
다. 그렇지만 어쩐지 가사도 곡조도 둘 다 동물들에게는 〈영
국의 짐승들〉에는 결코 미치지 못하는 것처럼 여겨졌다.

8

며칠 후, 처형으로 야기되었던 공포가 잦아들었을 때, 몇 몇 동물들은 '어떤 동물도 다른 동물을 죽여서는 안 된다.'라고 선언한 여섯 번째 계명을 기억했다―아니, 기억했다고 생각했다. 그리고 비록 돼지나 개들이 듣는 중에 그것을 언급하는 이는 없었더라도, 그곳에서 벌어졌던 살해행위들이 이것에 부합하지 않는다는 것을 느끼고 있었다. 클로버는 벤저민에게 여섯 번째 계명을 자신에게 읽어달라고 요청했고, 벤저민이, 보통 때처럼, 그런 문제에 끼어드는 건 거절한다고 말하자, 뮤리얼을 불러왔다. 뮤리얼은 그녀를 위해 계명을 읽었다. 이렇게 적혀 있었다. '어떤 동물도 이유 없이 다른 동물을 죽여서는 안 된다.' 그런데 웬일인지, 그 '이유 없이'라는 단어는 동물들의 기억에서 불러일으켜지지 않았다. 그러나 이제 계명을 어겼던 건 아니라는 것을 알았다. 명백히 스노볼과 연합한 배신자들을 죽일 충분한 이유가 있었기 때문이다.

그해 내내 동물들은 앞선 해 일했던 것보다 한층 힘들게 일했다. 이전보다 두 배 더 두꺼운 벽으로 풍차를 재건하는 것과, 정규적인 일까지 함께하면서 정해진 기일 안에 끝내는 것은 엄청난 노동이었다. 동물들에게는 자신들이 존스 시대 때 했던 것보다 더 긴 시간 일하고도 먹는 건 오히려 덜하다고 여겨지는 때도 있었다. 일요일 아침 스퀼러는, 기다란 종이쪽을 자신의 발로 눌러 잡고는 모든 종류의 식료품 생산이 200퍼센트, 300퍼센트, 혹은 경우에 따라 500퍼센트 증가했다는 것을 입증하는 수치 목록을 읽어내려가곤 했다. 동물들은 그것을 믿지 못할 이유가 없었는데, 무엇보다 그들은 더 이상 혁명 전과 같은 상황을 그다지 명확히 기억할 수 없었던 것이다. 그래도 역시, 수치가 줄더라도 얼른 더 많은 식량이 나왔으면 하고 느끼는 날들이 있었다.

이제 모든 지시는 스퀼러를 통해 혹은 다른 돼지들 가운데 하나를 통해 공표되었다. 나폴레옹 자신은 2주에 한 번 정도 밖에는 공개적으로 모습을 드러내지 않았다. 그가 나타날 때는, 그의 수행견뿐 아니라 그에 앞서 걸으며 일종의 트럼펫 연주자 역할을 하는 검은 수탉 한 마리가 함께 수행했다. 그는 나폴레옹의 연설 전 "꼬끼오 꼬꼬"를 크게 외쳤다. 농가 안에서조차, 나폴레옹은 다른 돼지들과도 구분된 공간에 머문다고 알려졌다. 그는 자신을 시중드는 개 두 마리와 함께 혼자 식사를 했고, 항상 응접실에 있는 유리 찬장 속 크라운 더비 디너 서비스를 이용했다. 또한 다른 두 기념일과 마찬가지로

매년 나폴레옹의 생일날에도 축포가 발포된다는 발표가 있었다.

나폴레옹은 이제 단순히 '나폴레옹'으로 언급되지 않았다. 그는 언제나 '우리의 지도자, 나폴레옹 동지' 같은 공식적인 방식으로 불렸고 돼지들은 '모든 동물의 아버지', '인간들의 공포의 대상', '양들의 보호자', '오리들의 친구' 등등과 같은 칭호를 지어내는 것을 좋아했다. 그의 연설 중에, 스퀼러는 뺨에 눈물을 줄줄 흘리며 나폴레옹의 지혜, 그의 선한 가슴, 그리고 세상 모든 동물들, 특히 다른 농장에서 여전히 무지와 노예로 살고 있는 불행한 동물들에 대해 품은 깊은 사랑을 언급하곤 했다.

모든 성공적 성취에 대한 신뢰와 뜻하지 않은 행운은 전부 나폴레옹이 가져다준 것으로 일반화되었다. 한 암탉이 다른 암탉에게 "우리의 지도자 나폴레옹 동지의 지도 아래, 6일 동안 다섯 개의 알을 낳았어요."라고 언급하는 것을 종종 들을 수 있었다. 혹은 두 마리 암소가, 저수지에서 물을 먹으며 즐거이, "이 물맛이 얼마나 좋은지, 나폴레옹 동지의 지도력에 감사드립니다!" 하고 소리 지르곤 하는 것을 들을 수도 있었다. 농장에 대한 대체적인 느낌은 '나폴레옹 동지'라는 제목의 시 안에 잘 표현되어 있었는데, 그것은 미니무스에 의해 만들어져서 다음과 같이 쓰여졌다.

아비 없는 이들의 친구시여!

행복의 원천이시여!

여물통의 신이시여! 오, 내 영혼은 어떠한지

그대를 바라볼 때면 타오르는

잔잔하고 위엄 있는 눈,

하늘의 태양 같은,

나폴레옹 동지시여!

그대는 주는 자

그대의 동물들이 사랑하는 전부를,

하루에 두 번 배를 불리고, 돌아누울 깨끗한 짚을

크든 작든 모든 짐승들이

자신의 외양간에서 평화롭게 잠드나니,

그대는 모든 것을 지켜보시네,

나폴레옹 동지시여!

내가 젖먹이 돼지를 가졌다면,

그 애는 크기 전에

파인트 병이나 밀방망이만큼 자라기 전에

배웠어야만 했다네

그대에게 충성하고 진실해야 하는 법을,

그래, 그 애의 첫마디는 이랬어야 하지.

"나폴레옹 동지시여!"

나폴레옹은 이 시를 승인하고 커다란 헛간 벽, 7계명이 있는 반대편 끝에 새기게 했다. 그것은 스퀄러에 의해 흰색 페인트로 작성되어, 프로필처럼, 나폴레옹의 초상화 위에 얹혀졌다.

한편 휨퍼의 중개로 나폴레옹은 프레더릭, 필킹턴과의 복잡한 협상에 착수하고 있었다. 목재 더미는 아직 팔리지 않고 있었다. 둘 가운데, 프레더릭이 그것을 손에 넣고 싶어 갈망하고 있었지만, 그는 적정한 가격을 제시하려 하지 않았다. 동시에 프레더릭과 그의 일꾼들이 동물농장을 공격하고 그에게 격렬한 시샘을 불러일으켰던 건축물인 풍차를 파괴하기 위해 모의 중이이라는 새로워진 소문이 있었다. 스노볼은 여전히 핀치필드 농장에 몰래 숨어 지내는 것으로 알려져 있었다. 한여름에 동물들은 세 암탉이 앞으로 나와, 스노볼의 사주를 받아 자신들이 나폴레옹을 살해하기 위한 음모에 들어갔다고 고백하는 것을 듣고 깜짝 놀랐다. 그들은 즉시 처형당했고, 나폴레옹의 안전을 위한 새로운 대비책이 시행되었다. 네 마리 개가 밤이면 각 구석에서 한 마리씩, 그의 침대를 보호하고, 핀케이라는 젊은 돼지 한 마리에게 그가 독살당하지 않도록 그것을 먹기 전에 모든 음식을 맛보는 임무가 주어졌다.

거의 동시에 나폴레옹이 목재 더미를 필킹턴 씨에게 파는 것으로 정리됐다는 소리가 들려왔다. 그는 또한 동물농장과 폭스우드 사이에 특정한 생산품을 교환하기 위한 정규적인 협약에 들어갈 예정이었다. 나폴레옹과 필킹턴 사이의 관계는, 비록 오직 휨퍼를 통해 연결되었지만, 이제 거의 우호적이었다. 동물들은 필킹턴을 인간으로서는 불신했지만, 두려울 뿐만 아니라 증오하는 프레더릭보다는 훨씬 좋아하게 되었다. 여름이 흘러가고, 풍차가 거의 완성되었을 때, 임박한 배신자의 공격에 관한 소문은 점점 더 강하게 퍼졌다.

프레더릭이, 그들과 맞설 20명의 사내를 전부 총으로 무장시켜 데려올 계획이라는 것과 이미 치안판사와 경찰에 뇌물을 먹여두었기에, 만약 그가 동물농장의 권리 문서를 손에 넣게 되더라도 문제삼지 않을 것이라고, 알려져 있었다. 뿐만 아니라 프레더릭이 그의 동물들에게 행했다는 잔혹함에 대한 끔찍한 이야기들이 핀치필드로부터 새어 나왔다. 그는 늙은 말이 죽을 때까지 채찍질했다, 개 한 마리를 용광로 속에 던져 넣어 죽였다, 저녁이면 면도날 조각을 박차에 묶은 수탉끼리 싸움을 붙여서 즐겼다는 등의 이야기였다. 동물들은 자신들의 동지들에게 행해지고 있는 그런 일들을 들었을 때 격렬한 분노로 피가 끓었고, 때때로 그들은 다함께 나가 핀치필드 농장을 공격해서, 인간들을 몰아내고, 동물들을 해방시키는 걸 허락해달라고 요구했다. 그렇지만 스퀼러는 그들에게 성급한 행동은 피하고 나폴레옹 동지의 전략을 믿자고 조언했다.

그럼에도 불구하고, 프레더릭에 대한 고조된 감정은 계속되었다. 어느 일요일 아침 나폴레옹이 헛간에 나타나 자신은 언제라도 프레더릭에게 목재 더미를 팔아야겠다고 고려해본 적이 전혀 없었다고 설명했다. 그건 자신의 품위를 떨구는 일이라고 생각하며, 그런 온갖 짓을 벌이는 악당 패거리들과 거래를 벌이는 일은 자존심상 용납되지 않는다, 라고 말했다. 여전히 반란에 대한 소식들을 퍼트리고 있는 비둘기들에게는 폭스우드 어느 곳에도 내려앉는 것이 금해졌고, 또한 '인간에게 죽음을'이라는 이전 슬로건은 '프레더릭에게 죽음을'을 위해 버리라는 지시가 내려졌다. 거기에다가 또 늦여름에 스노볼의 음모가 탄로 났다. 밀 작물에 잡초가 무성했는데, 스노볼이 밤을 틈타 찾아와 벌이는 일 가운데 하나로 옥수수 종자에 잡초 종자를 섞어서 벌어진 일로 밝혀졌던 것이다. 그 계획의 비밀을 알고 있었던 숫거위 한 마리가 스퀼러에게 자신의 죄를 자백하고 즉시 치명적인 까마종이 열매를 삼키고는 자살했다. 이제 동물들은 또한 스노볼이, 그들 가운데 많은 이가 지금까지 믿고 있던 것처럼, '동물 영웅, 1급 훈장'을 받은 바가 없었다는 사실도 알게 되었다. 그건 단지 외양간 전투 얼마 후에 스노볼 자신이 퍼트린 꾸며진 이야기라는 것이다. 훈장을 받기는커녕, 그는 전투에서 비겁함을 보여 지탄을 받았다고. 여전히 얼마간의 동물들은 이것이 터무니없는 소리로 들렸지만, 스퀼러는 곧 그들의 기억이 잘못되었던 것이라고, 설득시킬 수 있었다.

가을에, 거의 동시에 수확물을 거둬들여야 했기에 엄청나게 고된 수고로 풍차 작업이 마쳐졌다. 기계 설비는 아직 갖춰져야 해서, 휨퍼가 구매에 대한 협상을 진행 중인 가운데, 구조물부터 완성된 것이다. 모든 어려움에 굴하지 않고, 무경험과 원시적 도구, 불운과 스노볼의 배신에도 불구하고, 그 작업은 바로 그날 정시에 마쳐졌다! 지쳤지만 자랑스러웠던 동물들은 그들의 걸작품 주변을 돌고 또 돌았다. 그들 눈에는 그것이 처음 지어졌을 때보다 훨씬 더 아름답게 여겨졌다. 게다가 벽이 이전보다 두 배는 더 두터워졌다. 폭발물이 아니고서는 이번엔 그것을 무너뜨릴 수 있는 것은 아무것도 없을 터였다! 그리고 그들은 자신들이 어떻게 고군분투했는지, 어떤 좌절을 극복했었는지, 그리고 풍차 날개가 돌고 발전기가 가동되었을 때 자신들의 생활에 만들어낼 엄청난 변화들을 생각했을 때, 피로는 자취를 감췄고 그들은 풍차를 돌고 또 돌면서 승리의 외침을 내지르며 깡충깡충 뛰었다. 나폴레옹은 자신의 개들과 수탉과 함께, 완성된 작업을 순시하러 내려왔다. 그는 몸소 동물들의 업적을 치하하고, 그 풍차는 나폴레옹 풍차라 불리게 될 것이라고 공포했다.

이틀 후 동물들은 헛간에서의 특별회의를 위해 함께 불려 갔다. 그들은 나폴레옹이 목재 더미를 프레더릭에게 팔았다고 발표했을 때 놀라움으로 말을 잇지 못했다. 내일 프레더릭의 마차가 도착할 테고 그것을 실어 내가기 시작할 것이다. 필킹턴과 우정 어린 관계로 보였던 전체 기간 내내, 나폴레옹은 사실 프레더릭과 비밀 협약을 맺어가고 있었던 것이다.

폭스우드와의 모든 관계는 끊어졌다. 모욕적인 메시지가 필킹턴에게 전해졌다. 비둘기들은 핀치필드 농장을 피하고 그들의 슬로건을 '프레더릭에게 죽음을'에서 '필킹턴에게 죽음을'로 바꾸라는 말을 들었다. 동시에 나폴레옹은 동물농장에 대한 공격이 임박했다는 이야기는 전혀 사실이 아니고 프레더릭이 자신의 동물들을 잔인하게 대했다는 이야기들은 크게 과장되었다고 동물들을 안심시켰다. 그러한 모든 소문들은 아마 스노볼과 그의 첩자들에게서 나왔을 거라고 했다. 어쨌든 이제 보니 스노볼은 핀치필드 농장에 숨어 있는 중이 아니었고, 사실은 살아서 거기에 가본 적도 없는 것으로 보여졌다. 그는 폭스우드에 살고 있고(상당히 호화롭게, 살고 있다고 말해졌다) 사실은 지난 몇 년간 필킹턴의 연금수급자였다는 것이다.

돼지들은 나폴레옹의 노련함에 완전히 황홀경에 빠졌다. 그는 필킹턴과 친밀하게 보이면서 프레더릭에게 12파운드나 값을 올리도록 압박했던 것이다. 그러나 나폴레옹 정신의 우월함은, 누구도 믿지 않았다는 사실에 있을 것이다. 프레드릭조차도 말이다, 라고 스퀼러는 말했다. 프레더릭은 목재값을 수표라고 불리는 것으로 지불하길 원했다. 그것은 거기에 쓰인 값을 지불하겠다고 약속하는 종이쪽 같은 것이다. 그렇지만 나폴레옹은 그에 대해서도 너무나 영리했다. 그는 실제 5파운드짜리 어음 지급을 요구했고, 그것은 목재를 실어 나르기 전에 넘겨져야만 했다. 이미 프레더릭은 전부를 지불했다. 그리고 그가 지불한 값은 풍차를 위한 기계를 살 만큼 충분했다.

한편 목재는 빠른 속도로 실려 나갔다. 그것이 전부 끝났을 때, 프레더릭의 은행지폐를 조사하기 위한, 또 한 번의 특별한 모임이 동물들을 위해 헛간에서 열렸다. 나폴레옹이 자신의 훈장 두 개를 달고, 옆에 농가 부엌의 도자기 접시 위에 깔끔하게 쌓아 올린 돈과 함께, 기쁘게 웃으며, 연단 위 짚 침대에서 휴식을 취하고 있었다. 동물들이 천천히 도열해 지났고, 각자는 그의 만족감을 지켜보았다. 복서가 냄새를 맡기 위해 코를 내밀어 킁킁거리자, 그 뻣뻣하고 하얀 것이 그의 콧김으로 흔들리며 바스락거렸다.

3일 후 끔찍한 소란이 있었다. 휨퍼가 사색이 된 얼굴로 자전거를 타고 길을 달려와서는, 그것을 마당에 팽개치고 곧바로 농가로 뛰어 들어갔다. 잠시 후 격노한 신음소리가 나폴레옹의 거처로부터 터져 나왔다. 무슨 일이 일어났는지에 대한 소식이 들불처럼 농장에 번져나갔다. 은행지폐가 위조되었다! 프레더릭이 공짜로 목재를 가져갔다!

나폴레옹은 즉시 동물들을 불러 모아서는 무서운 목소리로 프레더릭에게 사형을 선고한다고 공포했다. 생포 후에, 프레더릭은 산 채로 삶기게 될 것이라고 그는 말했다. 동시에 그는 이 배신행위 후에 최악의 상황이 예상된다고 경고했다. 어느 순간 프레더릭과 그의 일꾼들이 오랫동안 기다렸던 공격을 감행해올지 모른다는 것이었다. 보초병들이 농장으로 접근하는 모든 곳에 배치되었다. 더불어 비둘기 네 마리가 필킹턴과 좋은 관계를 회복하기를 희망한다는 화해 메시지를 지닌 채 폭스우드로 보내졌다.

바로 다음 날 아침, 공격이 이루어졌다. 경계병이 프레더릭과 그 일당들이 이미 빗장 다섯 개가 걸린 문을 통과해 오고 있다는 소식을 갖고 달려들어 왔을 때 동물들은 아침 식사 중이었다. 대담해진 동물들은 그들과 맞서러 기운차게 나섰지만, 이번에는 외양간 전투에서와 같은 손쉬운 승리를 거둘 수 없었다. 열다섯 명의 사내들이 있었고, 그 가운데 여섯 명이 총을 가지고, 50야드 안으로 들어오자 총을 쏘아댔다. 동물들은 무서운 폭발음으로 날아오는 총탄에 맞설 수 없었고, 그들을 규합하기 위한 나폴레옹과 복서의 노력에도 불구하고, 곧 격퇴되었다. 그들 가운데 다수가 일찌감치 부상을 당했다. 그들은 농가 건물들로 피신해 갈라진 틈과 옹이구멍으로 조심스럽게 밖을 엿보았다. 풍차를 포함해 커다란 방목장 전체가 적의 손에 들어 있었다. 그 순간 나폴레옹조차 어찌할 바를 모르는 것처럼 보였다. 그는 한마디 말도 없이 이리저리 서성였고, 그의 꼬리는 뻣뻣해져서 떨리고 있었다. 애절한 눈빛이 폭스우드가 있는 쪽으로 보내졌다. 만약 필킹턴과 그의 일꾼들이 자신들을 돕는다면, 아직 이길 수 있을지도 몰랐다. 그렇지만 이때 전날 보내졌던 비둘기 네 마리가 돌아왔고, 그들 중 하나가 필킹턴이 보낸 종이쪽지 하나를 지니고 있었다. 거기에는 이런 문구가 연필로 쓰여 있었다. "꼴좋군."

한편 프레더릭과 사내들은 풍차 여기저기에 멈춰서 있었다. 동물들은 그들을 지켜보았고, 절망적인 웅얼거림이 떠돌았다. 두 사내가 쇠지렛대와 큰 해머를 꺼내 들었다. 그들은 풍차를 무너뜨릴 참이었다.

"어림없어!" 나폴레옹이 소리쳤다. "우리가 그래서 그 벽을 훨씬 더 두껍게 쌓았거든. 저놈들은 일주일이 걸려도 무너뜨리지 못할 거야. 용기를 냅시다, 동지들!"

그렇지만 벤저민은 사람들의 움직임을 뚫어지게 지켜보고 있었다. 해머와 쇠지렛대를 가진 두 사내가 천천히, 그리고 거의 재미있어 하는 분위기로, 풍차의 토대 근처에 구멍을 뚫고 있었고, 벤저민이 콧잔등을 끄덕였다.

"역시 그렇군." 그가 말했다. "저들이 뭘 하는지 모르겠나? 다음번엔 저 구멍에 화약 뭉치를 쑤셔 넣을걸."

겁에 질린 동물들은 기다렸다. 위험을 무릅쓰고 건물의 은신처 밖으로 나가는 것은 지금으로서는 불가능했다. 잠시 후에 사내들이 사방으로 내달리는 게 보였다. 비둘기들이 허공으로 소용돌이치며 날아올랐고, 나폴레옹을 제외하곤 모든 동물들이, 배를 납작 깔고 엎드려서 얼굴을 감췄다. 그들이 다시 일어났을 때, 거대한 검은 연기구름이 풍차가 있던 곳에 걸려 있는 중이었고, 산들바람이 천천히 그것을 흩트렸다. 풍차는 흔적도 없이 사라지고 없었다.

그 광경에 동물들의 용기가 되살아났다. 그들이 조금 전 느꼈던 두려움과 절망감은 이 비열하고 경멸스러운 행위에 대한 분노로 덮였다. 복수를 향한 거대한 외침이 터져 나왔고, 그들은 더 이상 명령을 기다리지도 않고 한 덩어리가 되어 밖으로 뛰쳐나가 곧장 적들에게로 향했다. 이번에는 빗발치듯 쏟아지는 잔혹한 총탄에도 아랑곳하지 않았다. 야만적이고 격렬한 전투였다. 사람들은 계속해서 총을 쏘아댔고, 또한 동물들이 근접하자 몽둥이를 휘두르고 묵직한 부츠 발로 짓밟았다. 암소 한 마리와 양 세 마리, 그리고 거위 두 마리가 죽고 거의 모두가 부상당했다. 심지어 후방에서 작전 지휘만 하던 나폴레옹조차, 꼬리 윗부분이 총알에 맞아 찢어졌다.

그렇지만 인간들 또한 다치지 않은 이가 없었다. 그들 가운데 셋은 복서가 휘두른 발굽에 채여 머리가 깨졌다. 다른 이는 소뿔에 배를 찔렸고, 다른 이는 제시와 블루벨에게 거의 바지가 찢어질 만큼 물어뜯겼다. 울타리 너머 아래로 우회하도록 지시받은 나폴레옹의 경호견 아홉 마리가 갑자기 사람들 측면에 나타나 맹렬히 으르렁거리자, 그들은 공포에 휩싸였다. 그들은 자신들이 포위될 위험에 처했다는 것을 알았다. 프레더릭이 사내들에게 기회를 틈타 달아나라고 소리쳤고, 다음 순간 겁먹은 적들은 죽기 살기로 내달리기 시작했다. 동물들은 들판 끝까지 추적해서는, 그들이 가시나무 울타리를 통해 억지로 빠져나갈 때 마지막 발길질을 먹였다.

그들은 승리했지만, 지친 가운데 피까지 흘리고 있는 중이었다. 그들은 천천히 농장을 향해 절룩거리며 되돌아오기 시작했다. 들판 위에 뻗어 있는 죽은 동료들의 모습에 몇몇은 눈물을 흘렸다. 그리고 잠시 동안 그들은 한때 풍차가 있던 곳에 멈춰 서서 비탄스러운 침묵 속에 빠져 있었다. 그랬다, 그것이 사라졌다. 자신들의 마지막 고투의 흔적이 거의 사라져버린 것이다! 토대조차 일부가 파괴되어 있었다. 또한 그것을 재건하는 데 있어서, 이번에는 예전처럼, 흩어진 돌들을 사용할 수도 없었다. 이번에는 돌들도 사라져버렸던 것이다. 폭발의 힘은 그것들을 수백 야드 밖으로 날려버렸다. 마치 풍차는 존재하지도 않았던 것 같았다.

그들이 농장에 가까워졌을 때 뚜렷한 이유도 없이 싸움에 빠졌던 스퀼러가 꼬리를 흔들며 만면에 희색을 띤 채로 그들을 향해 깡충깡충 뛰어왔다. 또한 동물들은 농가 방향에서 들려오는 엄숙한 총소리를 들었다.

"저 총은 왜 쏘는 거지?" 복서가 물었다.

"우리의 승리를 축하하기 위해서요!" 스퀼러가 소리쳤다.

"무슨 승리?" 복서가 말했다. 그의 무릎에서 피가 흐르고 있었다. 그는 편자 한쪽을 잃어버렸고 말굽은 쪼개졌으며, 열댓 발의 총알이 그의 뒷다리에 박혀 있었다.

"무슨 승리라니, 동지? 우리는 우리의 땅에서, 동물농장의 신성한 땅에서 적들을 몰아내지 않았소?"

"그렇지만 저들이 풍차를 부쉈어. 우리가 2년 동안 매달려 일했던!"

"뭐가 문제요? 우리는 다른 풍차를 세울 거요. 우리는 마음만 먹으면 풍차 여섯 개도 세울 수 있소. 인정하지 않는 거요,

동지, 우리가 했던 위대한 일을? 적은 우리가 딛고 선 바로 이 땅을 점령했었지. 그리고 이제-나폴레옹 동지의 지도력 덕택에- 우리는 그 모든 것을 되찾았소!"

"그럼 우리는 전에 가졌던 걸 되찾은 거군." 복서가 말했다.

"그게 우리의 승리인 거요." 스퀼러가 말했다.

그들은 절룩거리며 마당으로 들어갔다. 총알이 박힌 복서의 다리는 고통스럽게 욱신거려 왔다. 그는 앞으로 자신이 풍차를 토대부터 다시 세우는 힘든 노동을 벌여야 한다는 것을 알았고, 이미 상상 속에서 그 일에 매달려 있었다. 하지만 처음으로 그는 열한 살이라는 나이와 어쩌면 자신의 억센 근육도 더 이상 예전 같지 않으리라는 생각을 떠올리고 있었다.

그렇지만 동물들은 녹색 깃발이 펄럭이는 것을 보면서, 다시 발포되는-이번에는 전부 일곱 발이 발포되었다-총소리를 듣고, 나폴레옹이 하는 연설을 들으며, 자기들의 행위를 축하하는 동안, 마침내 자신들이 큰 승리를 거두기라도 한 것 같은 생각이 들었다. 전투에서 죽은 동물들은 엄숙한 장례가 치러졌다. 복서와 클로버가 영구차로 쓰인 마차를 끌었고, 나폴레옹이 그 행렬 선두에서 걸었다. 이틀 내내 축하 행사가 벌어졌다. 노래와 연설이 있었고, 축포가 더 쏘아졌으며 모든 동물들에게 사과 하나가, 새들에게는 각자 2온스의 옥수수가, 개들에게는 비스킷 세 개가 특별 선물로 주어졌다.

그 전투를 풍차 전투로 부르겠다는 발표가 있었고, 나폴레옹은 '녹색 깃발 훈장'이라는 새로운 훈장을 만들어, 스스로에게 수여했다. 막연한 기쁨 속에서 은행지폐의 불행한 사건은 잊혀졌다.

이와 별개로 며칠 후 돼지들은 농가 지하실에서 위스키 한 상자를 발견했다. 그 집을 처음 접거했을 때 못 보고 지나쳤던 것이었다. 그날 밤 농가로부터는 커다란 노랫소리가 들려왔다. 모두가 놀랍게도, 거기에는 〈영국의 짐승들〉 선율이 섞여 있었다. 9시 반경에는 존스 씨의 오래된 중절모를 쓴 나폴레옹이, 뒷문으로부터 나타나 빠르게 마당 주위를 달리고는 다시 문으로 사라지는 게 분명히 보였다. 그렇지만 아침이 되자 깊은 침묵만이 농가를 덮고 있었다. 돼지 한 마리도 움직이고 있는 것 같지 않았다. 스퀼러가 모습을 드러낸 것은 거의 9시가 다 되어서였다. 천천히 그리고 맥없이 걷고 있는 그의 눈은 흐리멍덩했고, 아무리 봐도 심각한 병에 걸린 것같이 꼬리는 뒤쪽에서 흐느적거렸다. 그는 동물들을 불러 모아서는 중요하고 두려운 뉴스 하나가 있다며 말했다. 나폴레옹 동지가 죽어가고 있소!

비탄의 울부짖음이 높아졌다. 짚이 농가 문밖으로 깔렸고, 동물들은 발끝으로 걸었다. 눈에 눈물을 담은 채 그들은 만약 자신들의 지도자가 떠나면 무엇을 해야만 하는가를 서로에게 물었다. 스노볼이 마침내 나폴레옹의 음식에 독을 넣는 일을 획책했다는 소문이 돌았다. 11시에 스퀼러가 또 다른 발표를 하기 위해 밖으로 나왔다. 나폴레옹 동지가 지상에서 자신의 마지막 행위로, 엄숙한 법령을 선포했다는 것이다. 술을 마시면 사형에 처한다는.

그러나 저녁에 나폴레옹은 어느 정도 나아지기 시작했고, 다음 날 아침 스퀼러는 그들에게 그가 거의 회복기에 들었다고 말할 수 있게 되었다. 그날 저녁 나폴레옹은 업무에 복귀했고, 다음 날 그가 휨퍼에게 윌링던에서 양조와 증류에 관한 책자들을 구입하라고 지시했다는 것이 알려졌다. 일주일 후 나폴레옹은 사전에 은퇴한 동물들을 위한 방목장으로 남겨둘 계획이었던, 과수원 너머 작은 방목장을 갈아엎으라는 명령을 내렸다. 목초지가 고갈되어 다시 파종할 필요가 있다고 발표되었지만, 나폴레옹이 보리를 심을 계획이라는 것이 곧 알려졌다.

이 무렵 거의 누구도 이해할 수 없는 이상한 사건 하나가 발생했다. 어느 날 밤 자정 무렵 마당에서 커다란 굉음이 났고 동물들은 자신들의 외양간에서 우르르 달려나왔다. 달빛이 비치는 밤이었다. 7계명이 쓰여 있는, 커다란 헛간 벽 끝 아래, 두 동강으로 부서진 사다리가 눕혀 있었다. 일시적으로 기절한 스퀼러가 그 옆에 널브러져 있었고, 손 근처에 랜턴과 페인트 붓, 그리고 엎어진 흰 페인트 통이 놓여 있었다. 개들이 즉시 스퀼러를 둘러쌌고 그가 걸을 수 있게 되자마자 농가로 돌아갈 때까지 그를 호위했다. 뭔가 아는 듯한 투였지만 입을 닫고 있는 늙은 벤저민을 제외하고는, 동물들 누구도 그것이 의미하는 바가 무엇인지 어떤 개념을 구체화할 수 있는 이는 없었다.

그렇지만 며칠 후 뮤리얼이 7계명을 혼자 읽는 동안, 여전히 거기엔 동물들이 잘못 기억하고 있는 것이 있다는 것을 알아챘다. 그들은 다섯 번째 계명이 "어떤 동물도 술을 마시면 안 된다."로 생각하고 있었지만, 거기엔 그들이 생각지 않았던 '지나치게'라는 말이 들어 있었다. 실제 계명은 이렇게 적혀 있었다. "어떤 동물도 지나치게 술을 마셔서는 안 된다."

9

복서의 갈라진 발굽은 치유하는 데 오랜 시간이 걸렸다. 그들은 승리 축하연이 끝난 그날 이후 풍차 재건을 시작했다. 복서는 하루도 쉬는 걸 거부했고, 자신이 아프다는 걸 모르게 하는 것을 명예롭게 여겼다. 저녁에서야 그는 클로버에게 발굽이 몹시 자신을 괴롭힌다는 것을 은밀히 고백했다. 클로버는 자신이 씹어서 마련한 허브 찜질로 그 발굽을 처치했다. 그녀와 벤저민은 복서에게 좀 덜 열심히 일할 것을 간청했다. "말의 폐라고 영원히 건강한 건 아니에요." 그녀는 그에게 말했다. 그렇지만 복서는 들으려 하지 않았다. 유일하게 남은 정말 하나의 염원은 자신이 은퇴할 나이가 되기 전에 풍차가 충분한 궤도에 들어 있는 걸 보는 것이라고, 그는 말했다.

애초 동물농장의 법이 처음 제정되었을 때, 은퇴 연령은 말과 돼지는 12세, 소는 14세, 개는 9세, 양은 7세, 그리고 닭과 거위는 5세로 정해져 있었다. 자유 노년 연금도 합의되어 있었다. 그럼에도 아직까지 실제 은퇴해 연금을 수령한 동물은 없긴 했지만, 최근 그 주제는 더욱더 많이 논의되고 있었다.

이제 과수원 너머 작은 목초지가 따로 보리 경작을 위해 쓰이게 되었으니, 커다란 목초지 한구석에 펜스가 쳐져서 너무 노쇠한 동물들을 위한 방목지로 바뀔 것이라는 소문이 돌았다. 말을 위한 연금은 하루 5파운드의 옥수수와, 겨울이면 건초 15파운드, 공휴일이면 홍당무나 가능한 사과 한 알이 함께 지급될 거라고 말해졌다. 복서의 열두 번째 생일은 다음 해 늦여름이면 돌아왔다.

그동안의 생활은 힘들었다. 그 겨울은 지난해만큼 추웠고, 먹을 것은 부족했다. 다시 한번 돼지와 개들을 제외하고는 모든 배급이 줄어들었다. 너무 엄격한 배급 평등은 동물주의에 반한다고 스퀼러는 설명했다. 어떤 경우에도 그는 상황이 어떻든 간에 실제로는 먹을 게 부족하지 않다는 걸, 다른 동물들에게 증명하는 데 어려움을 갖고 있지 않았다. 당분간 분명히 배급을 재조정(스퀼러는 언제나 그것을 '재조정'이라고 말했다. 결코 '삭감'이라고 하지 않았다)할 필요에 놓여 있지만, 존스 시대에 비하면, 상당히 호전되었다는 것이다. 날카롭고 빠른 목소리로 수치를 읽으면서, 그는 그들에게 자신들은 존스 시대에 비해 더 많은 귀리와 건초, 순무를 가지고 있는 상태이며, 더 짧은 시간 일하고 있고, 마시는 물의 질이 더 좋아졌고, 더 오래 살며, 어린것들의 유아기 생존율이 훨씬 높아졌으며, 헛간에 짚이 더 많아졌고 벼룩들로부터 덜 고통받게

된 것에 대해 자세히 그들에게 입증해 보였다. 동물들은 그에
관한 모든 말을 믿었다. 사실로 말하자면, 그가 내세우는 존
스와 모든 것이 그들의 기억 속에서 거의 희미해져버린 것이
다. 그들은 오늘날의 삶이 혹독하고 헐벗었다는 걸 알고 있었
다. 그들은 종종 배가 고팠고, 종종 추웠고, 그리고 자신들이
잠을 자지 않을 때는 보통 일하고 있었다는 걸 알고 있었다.
그렇지만 의심의 여지 없이 예전 시대에는 더 나빴다. 그들은
그렇게 믿는 게 기뻤다. 게다가 스퀼러가 빼놓지 않고 강조하
는 것처럼, 그 시절에 그들은 노예였고 지금 그들은 자유인이
었다. 그것은 모든 것을 다르게 만들었다.

　이제는 먹여야 할 더 많은 입들이 있었다. 가을에 암퇘지
네 마리가 거의 비슷하게 전부 새끼를 낳았다. 그들 사이에 어
린 돼지들이 서른한 마리가 생겨났다. 그 어린 돼지들은 얼룩
무늬가 있었고, 나폴레옹은 농장에서 유일한 수퇘지였으므
로, 그들의 혈통을 추측하는 일은 가능했다. 그 후 벽돌과 목
재를 구입하면서, 공부방이 농가 정원에 세워질 거라는 발표
가 있었다. 당분간 어린 돼지들은 농가 부엌에서 나폴레옹에
게 가르침을 받았다. 그들은 정원에서 운동을 했고, 다른 어
린 동물들과 노는 게 금해졌다. 또한 이 시기에는, 어떤 돼지
가 길에서 다른 동물을 만나면, 다른 동물은 반드시 옆으로
비켜서야 한다는 규정이 만들어졌다. 그리고 또한 모든 돼지

들은, 등급을 떠나, 일요일이면 자신들의 꼬리에 녹색 리본을 맬 수 있는 특권이 주어졌다.

농장은 꽤 성공적인 한 해를 보냈지만, 여전히 돈이 부족했다. 공부방을 짓기 위해 구입해야 할 벽돌과 모래, 석회가 있었고, 또한 풍차 기계를 위해 다시 저축을 시작해야 할 필요가 있었다. 그러고 나서 집을 위한 등잔용 기름과 양초, 나폴레옹 자신의 식탁을 위한 설탕(그는 그것이 살을 찌운다는 이유로 다른 돼지들에게는 금했다), 그 밖에 도구, 못, 끈, 석탄, 철사, 쇳조각, 그리고 개 비스킷 같은 일반적인 대체품들도 있었다. 자투리 건초와 경작한 감자 일부를 팔았고, 계란 계약이 일주일에 600개로 증가함으로써, 그해 암탉들은 간신히 원래 수준에서 유지할 정도의 병아리만 부화시킬 수 있었다. 12월에 줄어든 배급은 다시 2월에도 줄었고, 헛간의 등불은 기름 절약을 위해 금해졌다. 그렇지만 돼지들은 충분히 안락해 보였고, 실제로 체중이 오히려 늘고 있었다. 2월 말의 어느 날 오후에 동물들이 전에는 맡아본 적 없는, 따뜻하고, 풍부한, 식욕을 돋우는 냄새가, 존스 시대에는 쓰이지 않던, 부엌 뒤편의 작은 양조장으로부터 마당을 가로질러 퍼져 나왔다. 누군가 그것이 보리를 요리하는 냄새라고 말했다. 동물들은 그 공기를 게걸스레 들이마시며 따뜻한 삶은 곡물 사료가 자신들의 저녁 식사로 준비되고 있는 것은 아닌지 궁금해했다.

그렇지만 따뜻한 삶은 곡물 사료는 나오지 않았고, 다음 일요일 날 이제부터 모든 보리는 돼지들을 위해 전용된다는 발표가 있었다. 과수원 뒤편 밭에는 이미 보리가 파종되어 있었다. 그리고 모든 돼지가 지금 매일 맥주 1파인트를 배급받고 있다는 새로운 소식이 새어 나왔다. 나폴레옹 자신에게는 반 갤런이, 항상 크라운 더비 수프 그릇에 제공되었다.

그렇지만 견뎌야 할 어려움이 있다면, 그것들은 오늘날의 삶이 이전에 누리던 것보다는 훨씬 더 존엄하다는 사실로 부분적으로 상쇄되었다. 더 많은 노래가 있었고, 더 많은 연설, 더 많은 행진이 있었다. 나폴레옹은 일주일에 한 번 동물농장의 투쟁과 승리를 세상에 알리는 것을 목적으로 하는 '자발적 시위'라 불리는 것을 개최할 것을 지시했다. 정해진 시간에 동물들은 일을 마치고 농장 경내를 군대 대열로 돌며 행진했다. 돼지들이 앞서고, 그다음에는 말들이, 그다음에는 소들이, 그다음에는 양들이, 그러고 나서 가금류들이 따랐다. 개들은 행렬의 측면에 섰고 맨 앞에 나폴레옹의 검은 수탉이 행진했다. 복서와 클로버는 항상 그들 사이에서 말굽과 뿔이 새겨지고 '나폴레옹 동지 만세!'라고 적힌 녹색 깃발을 들고 다녔다. 그 후 나폴레옹의 존엄을 기리는 것으로 짜여진 시들의 낭송이 있었고, 가장 최근 식량 생산 증대에 따른 세부 사항을 알리는 스퀼러의 연설이 있었다. 가끔 축포가 발사되기도 했다. 양들은 자발적 시위의 가장 열정적인 추종자였고, 누군가 그것들이 시간을 소비하고 추위 속에 오래 서 있는 걸 의미한다며 불평하면(몇몇 동물들은 가끔 근처에 돼지나 개가 없을 때 그렇게 했다) 엄청난 소리로 "네 다리는 좋고, 두 다리는 나쁘다!"라고 울부짖는 것으로 확실하게 침묵하게 했다. 그렇지만 대체로 동물들은 이런 축하 행사를 즐겼다. 그들은 결국, 자신들이 실제 주인이고 자신들의 이익을 위해 일하는 것이라는 걸 상기시키는 것으로 위안을 삼았다. 그래서, 노래, 행진, 스퀼러의 수치 목록, 우레 같은 총소리, 수탉의 꼬끼오 소리, 그리고 깃발의 펄럭임 같은 것들로, 그들은 적어도 그 시간만큼은 자신들의 공복감을 잊을 수 있었던 것이다.

4월, 동물농장은 공화국으로 선포되었고, 대통령을 선출할 필요가 있게 되었다. 만장일치로 선출된 나폴레옹이 오로지 유일한 후보자였다. 같은 날 스노볼이 존스와 공모한 것에 대한 좀더 상세한 내용의 새로운 문건이 발견되었다는 발표가 있었다. 스노볼은, 동물들이 앞서 상상한 것처럼, 단지 책략에 의해 외양간 전투에서 패배하게 시도한 것이 아니라, 공공연히 존스 편에서 싸웠었다는 게 이제 드러났다는 것이다. 사실, 실제적으로 인간 세력의 선도자였던 그는, "인간 만세!"라는 말을 입에 달고 전투에 나설 채비를 했던 자였다. 몇몇 동물들이 여전히 보았다고 기억하는 스노볼 등 뒤의 상처는 나폴레옹의 이빨에 의해 가해졌다는 것이다.

한여름에 갈까마귀 모세가 몇 년 만에 갑자기 농장에 다시 나타났다. 그는 전혀 변하지 않아서, 여전히 일을 하지 않았고, 똑같은 어조로 그때처럼 얼음사탕 산에 관해 말했다. 그는 그루터기에 앉아, 그의 검은 날개를 펄럭이며, 들어주는 사람 누구에게나 시시때때로 이야기했다. "저 위에 말이오, 동지들." 그는 커다란 부리로 하늘을 가리키며, 엄숙히 말하곤 했다. "저 위, 저기 보이는 검은 구름 저편에, 얼음사탕 산이 있소, 우리 불쌍한 동물들이 노동에서 벗어나 영원히 쉴 수 있는 행복한 나라요!" 그는 심지어 한번은 아주 높이까지 날아서 거기까지 오른 적이 있었고, 끝없이 펼쳐진 클로버 벌판과 아마씨 케이크와 설탕 덩어리가 울타리에서 자라고 있는 것을 보았다는 것이다. 많은 동물들이 그를 믿었다. 자신들의 삶은 지금, 허기지고 고단했다. 더 좋은 세상이 그 밖의 어딘가에 존재해야 하는 것이 옳고 공정하지 않을까? 하고 판단했던 것이다. 단정하기 어려운 것 중 하나는 모세를 대하는 돼지들의 태도였다. 그들 모두는 얼음사탕 산에 대한 그의 이야기가 거짓말이라고 경멸적으로 단언했지만, 그럼에도 그가 일을 하지 않으면서, 농장에 남아 있는 것을 허가했던 것이다. 하루에 맥주 4분의 1파인트씩을 지급하면서까지.

발굽이 아문 후, 복서는 이전보다 더 열심히 일했다. 사실은, 그해 모든 동물들이 노예처럼 일했다. 농장의 정규적인 일과 풍차를 재건하는 일과는 별개로, 3월에 문을 연 어린 돼지들을 위한 공부방까지 지어야 했던 것이다. 때때로 부족한 식량에 긴 노동 시간이 견디기 힘들었지만, 복서는 결코 흔들리지 않았다. 말하고 행동하는 데 있어서는 자신의 힘이 이전 같지 않다는 어떤 징조도 없었다. 조금 달라진 것은 단지 외양이었다. 그의 가죽은 예전에 그랬던 것보다 덜 빛이 났고, 거대한 둔부는 쪼그라든 것처럼 보였다. 다른 이들은 말했다. "복서는 봄풀이 돋을 때쯤이면 회복할 거야." 그렇지만 봄이 와도 복서는 살이 오르지 않았다. 때때로 채석장 꼭대기로 이어진 경사면에서, 그가 거대한 바위의 무게에 대항해 근육으로 버티고 있을 때면, 계속해서 서 있어야 한다는 의지 말고는 아무것도 남아 있는 것 같지 않아 보였다. 그런 때에 그의 입술은 "내가 더 열심히 일해야만 해."라는 말을 하려는 것처럼 보였지만, 목소리는 소리가 되어 나오지 않았다. 언젠가 다시 클로버와 벤저민이 그에게 건강을 돌볼 것을 강조했지만, 복서는 신경 쓰지 않았다. 그의 열두 번째 생일이 가까워오고 있었다. 그는 자신이 연금을 받기 전에 좋은 석재를 모을 수만 있다면 무슨 일이 벌어져도 아무 상관이 없었다.

어느 늦은 여름날 저녁, 갑자기 복서에게 무슨 일이 벌어졌다는 이야기가 농장에 퍼졌다. 그는 풍차 밑으로 돌을 끌어

나르기 위해 혼자 나갔었다. 그리고 그 말은 사실로 드러났다. 잠시 후 비둘기 두 마리가 소식을 가지고 날아왔다. "복서가 쓰러졌어요! 옆으로 드러누워서 일어나질 못해요!" 농장의 동물들 절반쯤이 풍차가 세워진 동산으로 내달렸다. 수레끌채 사이에 목을 쭉 뻗고 고개조차 들지 못한 채 복서가 누워 있었다. 그의 눈은 멍했고, 옆구리에는 땀이 차 있었다. 가느다란 핏줄기가 입에서 흘러나오고 있었다. 클로버는 그의 옆에 무릎을 꿇고 앉았다.

"복서!" 그녀가 소리쳤다. "괜찮아요?"

"폐 때문이야." 약한 목소리로 복서가 말했다. "문제없어. 내 생각에 나 없이도 풍차를 끝낼 수 있을 것 같아. 꽤 좋은 돌들이 모였거든. 어쨌든 한 달만 지나면 되겠지. 당신에게 사실을 말하자면, 나는 은퇴를 고대하고 있었어. 그리고 어쩌면, 벤저민 역시 늙었으니, 같은 시기에 그를 은퇴시켜서 나와 동행하게 해주겠지."

"즉시 도움을 받아야 해요." 클로버가 말했다. "뛰어가요, 누구든, 무슨 일이 일어났는지 스퀼러에게 말해줘요."

모든 다른 동물들은 즉시 스퀼러에게 그 소식을 알려주기 위해 농가로 달려갔다. 다만 벤저민은 남아서 클로버와 복서 옆에 엎드려, 말없이 자신의 긴 꼬리로 파리를 쫓아주고 있었다. 약 15분쯤 후에 스퀼러가, 동정심과 우려가 가득한 얼굴로 나타났다. 그는 나폴레옹 동지가 농장의 가장 충실한 일꾼 중 하나가 겪고 있는 이 불행에 대해 매우 깊은 고통을 느끼고 있으며, 이미 복서를 윌링던의 병원에 보내 치료를 받게 하기 위해 채비를 하고 있다고 말했다. 동물들은 이에 대해 마음이 조금 편치 않음을 느꼈다. 몰리와 스노볼을 제외하고, 어떤 동물도 이전에 농장을 떠난 법이 없고, 그들은 자신들의 병든 동지를 인간들의 손에 맡길 생각을 하는 게 좋게 보이지 않았던 것이다. 그러나 스퀼러는 복서의 경우 윌링던에 있는 수의과 의사가 농장에서 하는 것보다 더 만족스럽게 치료할 수 있다고 쉽게 그들을 납득시켰다. 그리고 30분쯤 후, 복서는 어느 정도 회복되어, 간신히 절룩이며 자신의 마구간으로 돌아갔고, 클로버와 벤저민은 그를 위해 좋은 짚 침대를 마련해주었다.

다음 이틀 동안 복서는 자신의 마구간에 남아 있었다. 돼지들은 침실의 약장에서 발견한 커다란 핑크색 약병을 보내주었고, 클로버는 식사 후에 하루에 두 번 그것을 복서에게 주었다. 저녁이면 그녀는 그의 마구간에서 대화를 나누었고, 그동안 벤저민은 그에게서 파리를 쫓아주었다. 복서는 벌어진 일에 대해서는 유감스러워하지 말자고 했다. 만약 회복이 잘되면, 그는 3년을 더 살 수 있을 거라고 기대했고, 넓은 목초지 한켠에서 시간을 보내고 있을 평화로운 나날을 고대했다. 그가 공부와 마음을 증진시키기 위해 여가를 갖게 되는 것은 처음일 터였다. 자신의 남은 생은 남아 있는 알파벳 22자를 배우는 데 바칠 생각이라고, 그는 말했다.

그러나 벤저민과 클로버는 단지 일과 후에나 복서와 함께 할 수 있었고, 그 마차가 그를 데려가려고 온 것은 한낮이었다. 동물들은 모두 돼지의 감독하에 순무씨 심는 일을 하고 있다가 농가 건물 쪽에서 시끄러운 소리로 울어대며 질주해 오고 있는 벤저민을 보고 깜짝 놀랐다. 그들이 벤저민이 흥분한 걸 보는 건 처음이었다. 사실은 그가 질주하는 걸 본 것도 처음이었다. "빨리, 빨리!" 그는 소리쳤다. "당장 와! 그들이 복서를 데려가고 있어!" 돼지의 지시를 기다리지도 않고, 동물들은 하던 일을 내던지고 농장 건물로 달려갔다. 과연 마당에는 두 마리 말이 끄는, 포장으로 가리워진 커다란 마차가 있었는데, 옆에는 글씨가 쓰여 있었고 중절모를 쓴 교활해 보이는 사내가 운전석에 앉아 있었다. 그리고 복서의 마구간은 비어 있었다.

동물들이 마차 주위로 몰려들었다. "잘 가요, 복서!" 그들이 한목소리로 말했다. "잘 가요!"

"바보! 바보들!" 그들 주위를 깡충깡충 뛰며 작은 발로 땅을 찍어대면서 벤저민이 소리쳤다. "바보들! 그 마차 옆에 뭐라고 쓰여 있는지 보이지 않는단 말야?"

그제야 동물들은 멈췄고, 조용해졌다. 뮤리얼이 그 단어들의 철자를 읽기 시작했다. 그러자 벤저민이 그녀를 옆으로 밀쳤고 죽은 듯한 침묵 속에서 그가 읽었다.

"'알프레드 시먼스, 말 도축업과 아교 제작자, 윌링던. 가죽과 골분 사고 팜. 개집 제공.' 저 의미를 알지 못하겠어? 저들은 복서를 도축업자에게 데려가고 있는 거야!"

경악스러운 외침이 모든 동물들에게서 터져 나왔다. 이 순간 마부석의 사내가 자신의 말들에게 채찍질을 했고 마차는 경쾌한 속도로 마당을 벗어나기 시작했다. 모든 동물들이 목소리를 높여 외치면서 따라 나갔다. 클로버는 힘들게 앞으로 나섰다. 마차가 속도를 더하기 시작했다. 클로버는 살찐 사지를 움직여 질주하려 애쓴 끝에 보통 속도에 다다를 수 있었다. "복서!" 그녀가 소리쳤다. "복서! 복서! 복서!" 그리고 바로 그때, 마치 밖의 소란을 들은 것처럼, 코에 흰 줄이 그어진, 복서의 얼굴이 마차 뒤의 작은 창으로 나타났다.

"복서!" 클로버가 무서운 목소리로 울부짖었다. "복서! 내려요! 빨리 내려요! 저들이 당신을 죽이려 데려가고 있어요."

모든 동물들이 "내려요, 복서, 내려요!"라는 외침을 내질렀다. 그렇지만 마차는 이미 속도를 더해갔고 그들로부터 멀어져가고 있었다. 클로버가 한 말을 복서가 알아들었는지 어떤지는 확실하지 않았다. 그렇지만 잠시 후에 그의 얼굴이 창에서 사라졌고 마차 안에서 발굽으로 차는 커다란 소리가 있었다. 그는 발로 차서 탈출하기 위해 애쓰고 있는 중이었다. 복서의 발굽 몇 번으로 마차가 성냥개비처럼 부서지던 시기가 있었다. 그러나 아아! 그의 힘은 그를 떠난 상태였다. 그리고 발굽으로 두드리는 소리가 차츰 희미해지더니 죽어버렸다. 필사적으로 동물들은 마차를 끌고 있는 두 마리 말에게 멈추라고 호소하기 시작했다. "동지들, 동지들!" 그들은 소리쳤다. "당신의 형제들을 죽음으로 몰아가지 말아요!" 그렇지만 우둔한 짐승들은, 무슨 일이 벌어지고 있는가를 깨닫기엔 너무 무지했고, 단지 귀를 뒤로하고는 걸음을 빨리할 뿐이었다. 복서의 얼굴은 창에 다시 나타나지 않았다. 너무 늦게, 누군가가 앞으로 달려가 빗장 다섯 개가 있는 문을 닫아야겠다는 생각을 했다. 그렇지만 다음 순간 마차는 그것을 통과했고 빠르게 길 아래로 사라졌다. 복서는 다시 볼 수 없었다.

3일 후 그가 윌링던의 병원에서 말이 받을 수 있는 모든 처방을 받았음에도 불구하고, 죽었다는 발표가 있었다. 스퀼러가 다른 이들에게 그 소식을 발표하기 위해 왔다. 그는 복서의 마지막 시간 동안 함께 있었다고 말했다.

"그것은 내가 본 가장 감동적인 광경이었어요!" 스퀼러가 자신의 발을 들어올리고 눈물을 줄줄 흘리면서 말했다. "바로 그 마지막 순간에 그분의 옆에 있었죠. 마지막으로, 거의 말을 할 수 없을 만큼 약한 소리로, 그분은 내 귀에 자기의 유일한 슬픔은 풍차가 마쳐지기 전에 떠나게 된 것이라고 속삭였습니다. '전진하시오, 동지들! 혁명의 이름으로 전진하시오. 동물농장 만세! 나폴레옹 동지 만세! 나폴레옹은 언제나 옳다.' 그것이 그의 마지막 말이었습니다, 동지들."

여기서 스퀄러의 태도가 갑자기 바뀌었다. 그는 잠시 침묵하고 나서는 더 나아가기 전에 작은 눈을 이편저편으로 의심스럽게 던졌다.

복서가 이송될 때 어리석고 사악한 소문이 돌았다는 것을 알게 되었다, 고 그는 말했다. 몇몇 동물들이 복서를 태우고 가는 마차에 '말 도축업'이라고 새겨진 걸 알아보고 실제로 복서가 도축업자에게 보내지는 거라고 지레짐작했다. 어느 동물이 그렇게 우둔할 수 있는 것인지 거의 믿을 수 없을 지경이었다, 고 스퀄러는 말했다. 그는 꼬리를 흔들며 이쪽저쪽으로 깡충깡충 뛰어다니면서 분개해서 소리쳤다. 분명히 자신들은 소중한 지도자인 나폴레옹 동지가 그보다는 나을 거라는 걸 알고 있지 않나? 그렇지만 내막은 실제로 아주 단순하다. 마차는 애초 도살업자 소유였는데, 수의사가 샀던 것이고, 아직 이전 이름에 칠을 하지 않았던 것이다. 그렇게 해서 그 실수가 발생했던 것이다.

동물들은 이 소리를 듣고 크게 안심했다. 그리고 스퀄러가 계속해서 복서의 임종에 대한 상황, 그가 받은 훌륭한 치료와, 나폴레옹이 비용에 대한 고려 없이 지불한 값비싼 의약품에 대한 생생한 세부적인 정보를 듣고 그들의 마지막 의심은 사라졌다. 적어도 그는 행복하게 죽었다는 생각에 동지의 죽음에 대해 느꼈던 슬픔은 누그러졌다.

나폴레옹은 다음 일요일 아침 모임에 직접 모습을 드러내서 복서를 기리는 짧은 연설을 했다. 애통한 동지의 유해를 농장에 묻기 위해 되가져올 수는 없었지만, 자신은 농가 정원의 월계수로 커다란 월계관을 만들어 보내서 복서의 무덤가에 놓아주도록 지시했다, 고 그는 말했다. 그리고 며칠간 돼지들은 복서를 기리는 추모 연회를 열 참이다. 나폴레옹은 복서의 두 가지 좋아하는 좌우명을 상기시키는 것으로 짧은 연설을 마쳤다. '내가 더 열심히 일할 테다'와 '나폴레옹 동지는 언제나 옳다'는 좌우명을, 모든 동물들이 자신의 것처럼 받아들이면 좋을 것 같다, 고 그는 말했다.

연회가 열리기로 정해진 그날, 식료품 마차가 윌링던으로부터 와서는 농가에 커다란 나무상자를 배달했다. 그날 밤 시끌벅적한 노랫소리가 있었고, 격렬하게 다투는 것 같은 소리가 뒤따르더니 11시경 요란하게 유리가 깨지는 소리로 끝이 났다. 농가에는 다음 날 정오 전에 움직이는 이는 아무도 없었고, 어딘가로부터 돼지들이 돈을 구해서 또 다른 위스키 상자를 구입했다는 말이 떠돌았다.

10

몇 해가 지났다. 계절이 오갔고, 수명이 짧은 동물은 사라졌다. 클로버, 벤저민, 까마귀 모세, 그리고 다수의 돼지들 말고는 반란 이전의 옛날을 기억하는 동물들이 없는 시기가 왔다.

뮤리얼은 죽었다. 블루벨, 제시, 그리고 핀처도 죽었다. 존스 역시 죽었다. 그는 그 지역 다른 곳에 있는 알코올 중독자 요양원에서 죽었다. 스노볼은 잊혀졌다. 복서도 그를 알고 있는 극소수를 제외하고는 잊혀졌다. 클로버는 이제 관절이 굳고 눈에 눈곱을 달고 사는 늙고 살찐 암말이 되어 있었다. 그녀는 은퇴할 나이를 2년이나 지나 있었지만, 실상 어느 동물도 실제로 은퇴한 적은 한 번도 없었다. 목초지 구석 한쪽에 노쇠한 동물들을 위해 자리를 마련한다는 이야기는 오래전 유야무야되었다. 나폴레옹은 이제 24스톤*이 나가는 완숙한 수퇘지가 되어 있었다. 스퀼러는 너무 살이 쪄서 눈이 어디 있는지 알아보기 어려울 정도였다. 오직 늙은 벤저민만이 이전과

* 영국의 무게 단위(1스톤은 6.35킬로그램). 약 152킬로그램.

거의 그대로였다. 입 주위가 약간 잿빛이 되었고, 복서의 죽음 후, 이전보다 성미가 까다로워지고 무뚝뚝해진 것 말고는.

이제 농장에는 비록 일찍이 기대했던 만큼은 아니라 하더라도 더 많은 존재들이 늘어나 있었다. 많은 동물들에게 반란은 단지 입에서 입으로 전해지는 아득한 역사로서였고, 이곳에 도착하기 전에는 그런 일에 관한 언급을 들어본 적도 없는, 다른 동물들이 사들여져 채워졌다. 농장은 이제 클로버 외에 세 마리 말을 소유하고 있었다. 그들은 솔선수범하고 좋은 동지로서 우람한 짐승들이었지만, 매우 우둔했다. 그들 중 누구도 알파벳을 B 이상까지 배우고 나아갈 수 없었다. 그들은 반란과 동물주의의 원칙에 관해, 특히 자신들이 거의 부모처럼 존경하는 클로버로부터 말해지는 모든 것을 받아들였다. 그렇지만 그들이 그것을 정말 제대로 이해했는지 어떤지는 의심스러웠다.

농장은 이제 더 번창하고 더 잘 조직화되었는데, 필킹턴 씨로부터 사들인 두 개의 임야로까지 확장되어 있었다. 풍차는 마침내 성공적으로 완성되었고, 농장은 자체의 탈곡기와 곡물 창고를 소유했으며, 다양한 새로운 건물들이 더해졌다. 그러나 풍차는 끝내 전력을 생산하는 데 쓰이지는 않았다. 그것은 옥수수를 가는 데 사용되었고, 상당한 금전적 이익을 가져왔다. 동물들은 다른 풍차를 세우기 위해 여전히 열심히 일하는 중이었다. 그것이 마쳐지면, 발전기가 가동될 수 있다고 말해졌기 때문이다. 그렇지만 스노볼이 한때 동물들에게 꿈꾸도록 가르쳤던, 외양간에 전깃불이 밝혀지고 냉수와 온수가 나오고, 한 주에 3일만 일하는 호사들에 대해서는 더 이상 언급되지 않았다. 나폴레옹은 그런 생각을 동물주의 정신에 반하는 것으로 비난했다. 그가 말하는 진정한 행복은, 열심히 일하면서 검소하게 사는 데 있었다.

아무튼 동물들 자체는 전혀 부유해지지 않았음에도 농장은 마치 부자가 된 것처럼 여겨졌다, 물론 돼지들과 개들은 제외하고서였다. 아마 이것은 너무나 많은 돼지와 개들 때문인 측면도 있었다. 그 존재들은 일하지 않는 게 아니라 제 나름의 일을 했다. 스퀼러가 지치지 않고 설명한 것처럼, 농장을 감독하고 조직하는 일은 끝이 없는 일이라는 것이다. 일의 대부분은 다른 동물들이 이해하기엔 너무 무지한 종류의 것들이었다. 예를 들어 스퀼러는 그들에게 돼지들은 '서류철' '보고서' '회의록' 그리고 '각서'라 불리는 비밀스러운 일들을 처리하느라 매일 엄청난 수고를 펼쳐야 한다고 말했다. 그것들은 커다란 종이 한 장에 빽빽이 들어차게 쓰여져야만 하고, 그렇게 채워지자마자 용광로에 불태워진다. 이것은 농장의 안녕을 위해 무엇보다 중요한 일이다, 라고 스퀼러는 말했다. 그렇지만 여전히, 돼지도 개도 그들 스스로의 노동으로는 어떤 식량도 생산하지 못했다. 또한 그들은 너무 많았고, 식욕은 항상 좋았다.

다른 이들의 경우, 그들의 삶은, 그들이 알고 있는 한, 언제나 그 상태였다. 그들은 일반적으로 굶주렸고, 짚 위에서 잠을 잤고, 웅덩이 물을 마셨으며, 들판에서 일했다. 겨울이면 추위에 시달리고, 여름이면 파리들에게 시달리면서. 가끔 늙은 동물들 사이에서 희미한 기억을 짜내 존스의 추방이 아직 이루어지지 않았던, 반란 초기 상황이 지금보다 더 좋았는지 나빴는지를 알아내려 애쓰기도 했다. 그들은 기억할 수 없었다. 그들은 자신들의 현재 삶을 비교해볼 수 있는 것이 아무것도 없었다. 그들은 모든 것이 점점 더 좋아지고 있다는 것을 일정하게 보여주는 스퀼러의 수치 목록 말고는 비교해볼 수 있는 게 아무것도 없었다. 동물들은 그 문제를 풀 수 없다는 것을 알았다. 어느 경우든, 그들은 이제 그런 일을 깊이 생각해볼 시간이 거의 없었다. 단지 늙은 벤저민만이 그의 긴 삶의 모든 세부사항을 기억하고, 일들이 없었던 적은 없으며, 이보다 더 좋을 수도 나쁠 수도 없다고 단언했다. 굶주림, 고난, 그리고 실망이라는 존재는, 삶의 변함없는 법칙이다, 라고 그는 그렇게 말했다.

그럼에도 불구하고 동물들은 결코 희망을 포기하지 않았다. 오히려, 그들은 한시도, 동물농장의 일원으로서의 명예와

특권적 인식을 잃지 않았다. 그들의 농장은 동물들에 의해 소유되고 운용되는 영국 전체에서 유일한 농장이었다. 그들 가운데 누구도, 심지어 가장 어린 동물들조차, 10마일 20마일 밖에서 팔려 온 새로운 동물들조차, 그에 대해 경이로워하는 것을 주저하지 않았다. 또한 축포가 쏘아지는 것을 듣고 깃대 꼭대기에서 녹색 깃발이 펄럭이는 것을 보면서, 그들의 가슴은 억누를 수 없는 자부심으로 부풀어 올랐고, 대화는 항상 옛 영웅시대로, 존스를 축출하고, 7계명을 작성하고, 인간 침략자를 패퇴시켰던 큰 전투로 향했다. 누구도 그 옛날 꿈을 포기하지 않았다. 소령이 예언한 영국의 푸른 들판이 인간의 발에 짓밟히지 않을 동물 공화국은 여전히 믿음으로 남아 있었다. 그 같은 날은 오고 있었다. 바로는 아닐지라도, 어느 동물에게는 지금 살고 있는 인생 내에는 아닐지라도, 그렇지만 여전히 그날은 오고 있었다. 심지어 〈영국의 짐승들〉의 곡조조차 아마 이곳저곳에서 은밀히 흥얼거려지고 있을 것이다. 어쨌든, 그 농장의 모든 동물들이 그것을 알고 있다는 사실이었다. 비록 그것을 감히 입 밖으로 소리 내어 노래하는 이는 없었다 하더라도. 자신들의 생활이 고되고 자신들의 희망 전부가 완전히 채워지지 않았다 하더라도. 그들은 자신들이 다른 동물들과 같지 않다는 것을 의식하고 있었다. 만약 자신들이 굶주린다면, 그건 압제적인 인간들을 먹여서가 아니었다.

만약 자신들이 힘들게 일한다면, 적어도 자신들을 위해서 하는 일이었다. 그들 가운데는 두 발로 걷는 존재는 없었다. 어느 다른 존재를 '주인님'이라고 부르는 존재도 없었다. 모든 동물들은 평등했다.

초여름 어느 날 스퀼러는 양들에게 자신을 따라오라고 이르고는, 그들을 농장의 다른 편 끝에 있는 놀리고 있는 땅으로 데리고 갔다. 거기에는 어린 자작나무 묘목이 무성하게 자라고 있었다. 양들은 온종일을 그곳에서 스퀼러의 감독하에 그 잎사귀를 뜯어 먹으면서 보냈다. 저녁때 그는 농가로 돌아왔지만, 날씨가 따뜻하니 그들은 거기에 머무르라고 양들에게 말했다. 일주일 내내 그들은 거기 남아 있었고, 그 시간 동안 다른 동물들은 그들 중 누구도 보지 못했다. 스퀼러는 매일 많은 시간을 그들과 함께 보냈다. 그는 남의 눈을 피할 필요가 있는 새로운 노래를 부를 수 있도록 그들을 가르치고 있다고 말했다.

양들이 막 돌아온 직후, 어느 쾌적한 저녁, 동물들이 일을 마치고 농장 건물로 돌아오는 중이었다. 겁에 질린 말 울음소리가 마당으로부터 들려왔다. 놀란 동물들은 가던 걸음을 멈추었다. 그것은 클로버의 목소리였다. 그녀는 다시 울었고, 모든 동물들은 질주해서 마당 안으로 달려 들어갔다. 그때 그들은 클로버가 본 것을 보았다.

그것은 자신의 뒷다리로 걷고 있는 돼지 한 마리였다.

그랬다. 그것은 스퀼러였다. 조금 어색하긴 해도, 비록 그의 상당한 중량을 그 자세로 버티는 것이 무척 익숙하지 않았을 터임에도, 완벽한 균형을 잡은 채, 그는 마당을 가로질러 걷고 있었다. 그리고 잠시 후, 농가 문밖으로 돼지들이 길게 열을 지어 나왔는데 전부 뒷다리로 걷고 있는 중이었다. 몇몇은 다른 것들에 비해 더 잘 걸었고, 한두 마리는 불안정한 상태로 지팡이에 의지하는 게 나아 보이기도 했지만, 그들 모두는 자신의 방식으로 마당 안을 성공적으로 돌고 있었다. 그리고 마침내 엄청나게 짖어대는 개들과 검은 수탉들의 날카로운 지저귐 속에서 나폴레옹 자신이 위풍당당하게 똑바로 서서, 거만한 눈길을 좌우로 던지며 나왔고, 그의 개들이 그 주위를 뛰어다니고 있었다.

그는 앞발에 채찍을 들고 있었다. 죽은 듯한 침묵이 흘렀다. 놀라고 겁에 질려 옹기종기 함께 모여 있는 동물들은 천천히 마당을 돌고 있는 돼지들의 긴 줄을 지켜보았다. 마치 세상이 온통 뒤집힌 것 같았다. 그러고 나서 처음의 충격이 가시고 나자, 모든 것에도 불구하고-자신들의 개들에 대한 공포와, 오랜 세월 동안 진전된, 결코 불평하지 않고, 비판하지 않으면서, 무슨 일이 일어나도 문제삼지 않던, 습관에도 불구하고-그들은 뭔가 항의의 말을 입 밖에 낼 때에 이르러 있었다. 그러나 바로 그 순간, 마치 하나의 신호처럼, 모든 양들이 엄청난 음매 소리를 터뜨렸다.

"네 다리는 좋고, 두 다리는 더 좋지! 네 다리는 좋고, 두 다리는 더 좋지! 네 다리는 좋고, 두 다리는 더 좋지!"

그것은 5분 동안 멈추지 않고 계속되었다. 그리고 양들이 입을 다물었을 때는, 돼지들이 행진해서 농가로 들어가버렸기 때문에 어떤 항의를 할 기회도 지나가버리고 말았다.

벤저민은 자신의 어깨에 코 하나가 비벼지는 것을 느꼈다. 그는 돌아보았다. 클로버였다. 그녀의 늙은 눈은 이전보다 더 흐릿해 보였다. 어떤 말도 하지 않고, 그녀는 그의 갈기를 부드럽게 끌어당겨서는 7계명이 쓰여 있는 큰 헛간 끝으로 돌아서 이끌었다. 일이 분 동안 그들은 흰색 글자가 적힌 타르칠된 벽을 쳐다보고 서 있었다.

"시력이 떨어지고 있어요." 그녀가 마침내 말했다. "내가 젊었을 때도 저기 쓰여 있는 게 무엇인지 읽을 수 없었지만요. 그렇지만 내겐 저 벽이 달라진 것처럼 보여요. 7계명은 이전과 똑같은가요, 벤저민?"

그는 이번만은 자신의 규칙을 깨는 것에 동의하고, 벽에 쓰여 있는 것을 그녀에게 읽어주었다. 거기에는 이제 하나의 계명 말고는 아무것도 없었다. 이렇게 적혀 있었다.

모든 동물들은 평등하다.

그렇지만 어떤 동물들은 다른 동물들보다 더 평등하다.

그 일이 있고 난 다음 날부터는 농장을 감독하는 돼지들 전부가 앞발에 채찍을 들고 있어도 이상하게 보이지 않았다. 돼지들이 자신들의 무전기를 사고, 전화기를 설치하고, 〈존 불〉, 〈팃비츠〉와 〈데일리 미러〉*를 구독해 읽고 다녀도 이상하게 보이지 않았다. 나폴레옹이 입에 담배 파이프를 물고 농가 정원을 돌아다니는 게 보여도 이상하게 여겨지지 않았다─아니, 심지어 돼지들이 옷장에서 존스 씨의 옷을 꺼내 입어도, 나폴레옹 자신이 검은 코트를 입고 사냥복 바지에, 가죽 각반을 하고 나타나도, 한편 그의 총애를 받는 암퇘지가 존스 부인이 일요일이면 입곤 하던 물방을 무늬 실크 드레스를 입고 나타나도 이상하게 여겨지지 않았다.

일주일 후, 오후에, 일단의 개마차들이 농장으로 몰려들었다. 인근 농장가 대표단이 시찰 여행으로 초대되어 온 것이다. 그들은 농장 구석구석을 돌아보았고, 그들이 본 모든 것에, 특히 풍차에 대해 큰 감탄을 표시했다. 동물들은 순무 밭을 매고 있는 중이었다. 그들은 거의 땅에서 고개도 들어올리지

---

* 영국의 주간지와 일간지.

않은 채 부지런히 일했는데, 돼지들을 더 무서워해야 하는 건지 인간 방문객들을 더 무서워해야 하는 건지 알지 못했다.

그날 저녁 큰 웃음소리와 노랫소리가 농가로부터 터져 나왔다. 그리고 갑자기, 뒤섞여 들려오는 인간과 돼지의 목소리에 동물들은 호기심에 빠져들었다. 이제 처음으로 동물과 인간 종족이 평등한 관계로 만난 저 안에서 과연 무슨 일이 벌어지고 있는 것일까? 일제히 그들은 가능한 한 조용히 농가 정원으로 기어들어가기 시작했다.

그들은 문 앞에서 멈추었고, 그 가운데 절반이 두려움으로 그대로 서 있었지만, 클로버는 앞장서 걸었다. 그들은 발꿈치를 들고 집으로 들어갔는데, 몇몇 동물들은 응접실 창문으로 자세히 들여다볼 수 있을 만큼 충분히 키가 컸다. 긴 테이블에는 여섯 명의 농장주와 여섯 마리의 좀더 신분이 높은 돼지들이 둘러앉아 있었다. 돼지들은 자신들의 의자에서 완전히 편안해 보였다. 그들은 카드 게임을 즐기고 있는 중이었는데, 아무래도 건배잔을 들기 위해 잠시 중단한 듯했다. 커다란 조끼잔이 돌고 있었고, 각자의 머그잔에는 맥주가 다시 채워지고 있었다. 호기심에 찬 얼굴로 창문을 통해 바라보고 있는 동물들을 누구도 알아채지 못했다.

폭스우드의 필킹턴 씨는 손에 머그잔을 들고 일어섰다. 이윽고, 그는 참석한 동료들에게 건배를 제의할 생각이라고 말했다. 그렇지만 그러기 전에, 자신에게 지워진 의무로서 반드시 해야 할 몇 마디 말이 있다고 말했다.

긴 기간의 불신과 오해가 이제 끝났다는 느낌이 자신에게는 또한, 확신컨대, 다른 참석자들에게도—큰 만족감의 원천이 되었다고 그는 말했다. 자신이나, 여기 참석한 동료들은 그런 감정을 갖지 않았지만—인간 이웃들에 의해 동물농장의 존경받는 주인들이, 적대감이라기보다는, 어느 정도 불안하게 여겨지던 시간이 있었다. 불행한 사건이 발생했고, 잘못된 생각들이 유포되었다. 돼지들에 의해 소유되고 운용되는 농장의 존재는 어딘가 비정상적이고 이웃들에게 불안정한 효과를 가져오기 쉬울 거라고 여겨졌던 것이다. 너무 많은 농장주들이 정당한 조사도 없이, 그런 농장에는 방종과 무질서가 만연할 거라고 지레짐작했었다. 그들은 자신들 농장의 동물들, 또는 인간 고용인들에게 끼칠 영향에 대해 긴장했던 것이다. 그렇지만 그런 모든 의심들은 이제 해소되었다. 오늘 자신과 자신의 친구들은 동물 농장을 방문했고 자기들 눈으로 직접 구석구석을 살폈다. 그리고 자신들은 무엇을 보았던가? 가장 최신식의 방법뿐만 아니라, 다른 어디에서건 모든 농장주들에게 모범이 될 만한 규율과 질서 정연함을 보았다. 이곳 '동물농장'의 하층 동물들은 이 땅의 어느 동물들보다 더 많이 일하면서 먹을 것은 더 적게 받고 있다고 말하는 게 옳다고 믿는다. 실제로 자신과 자신의 동료 방문자들은 오늘 각자의 농장에 즉시 도입할 작정인 많은 특징들을 보았다.

그는 동물농장과 이웃 농장들 사이에 존속되었던, 그리고 존속되어야만 하는 친밀한 감정을 다시 한번 강조하는 것으로, 자신의 말을 마치겠다고 말했다. 돼지들과 인간들 사이에는 어떤 이해관계의 충돌도 없고, 있을 필요도 없다. 자신들의 투쟁과 어려움은 하나이다. 노사 문제는 어디에서나 똑같지 않았나? 여기서 필킹턴 씨는 동료들을 위해 신경 써서 준비한 농담을 구사할 참이었던 게 명백했는데, 잠시 동안 그것을 입 밖에 낼 수 있다는 즐거움에 너무 압도된 듯했다. 그는 자신의 몇 겹 턱이 주홍색으로 변할 만큼 잠시 씰룩거린 후에, 간신히 입 밖으로 말을 내었다. "만약 여러분들이 여러분들의 하층 동물들과 다투어야 한다면, 우리는 우리의 하층민과 다투어야만 하는 것입니다!" 이 명언은 자리에 함성을 불러일으켰다. 그리고 필킹턴 씨는 다시 한번 동물농장에서 자신이 관찰한 바, 낮은 배급에 대해, 긴 노동 시간에 대해, 그리고 일반적으로 있는 투정이 없는 것에 대해 돼지들을 축하했다.

그러고는, 이제, 마지막으로 일어나 자신의 잔이 채워졌는지를 확인해줄 것을 요청한다고 그는 말했다. "신사 여러분," 필킹턴 씨가 끝을 맺었다. "신사 여러분, 건배합시다. 동물농장의 번영을 위하여!"

열광적인 환호성과 발 구르는 소리가 있었다. 나폴레옹은 너무 기뻐서 자신의 자리를 떠나 테이블을 돌아가서는 필킹턴 씨의 잔이 비기 전에 자신의 머그잔을 부딪쳤다. 환호성이 가라앉았을 때, 선 채로 남아 있던 나폴레옹이 자기 역시 몇 마디 하겠다는 뜻을 넌지시 내비쳤다.

나폴레옹의 평소 연설처럼, 그것은 짧고 간명했다. 자신 또한 오해의 시기가 끝나서 행복하다고 그는 말했다. 오랜 시간 ─자기 생각엔 악의적인 적에 의해 유포된─ 자신과 자기 동료들의 관점이 파괴적이고 혁명적이기조차 하다고 하는 소문이 있었다. 자신들이 이웃 농장들 동물들 사이에 반란을 일으키려 시도한다고 여겼던 것이다. 전혀 사실이 아니다! 자신들의 유일한 소망은, 지금도 그리고 과거에도, 자신들의 이웃들과 정상적인 사업 관계를 맺으며 평화롭게 사는 것이다. 자신이 영광스럽게 지배하는 이 농장은, 협동조합 기업이다, 라고 그는 덧붙였다. 자신이 보유하고 있는, 토지 문서는 돼지들이 공동으로 소유하고 있었다.

자신은 어떠한 오랜 의혹이 여전히 남아 있다고 믿지는 않지만, 최근 농장의 일상에서 만들어진 어떤 변화는 한층 더 신뢰를 증진시키는 효과를 가져올 것이다, 라고 그는 말했다. 지금까지 농장의 동물들은 다른 이들을 '동지'라고 호칭하는 다소 바보스러운 관습을 가지고 있었다. 이것은 금해져야 한다. 또한 일요일 아침이면 기원을 알 수 없는, 정원 한쪽 벽에 박혀 있는 수퇘지 두개골을 지나 행진하는 매우 이상한 관습을 가지고 있었다. 이것도, 또한, 금해져야만 할 테고, 그 두개골은 이미 땅에 묻혔다. 또한, 방문객들은 깃대 꼭대기에서 나부끼는 녹색 깃발을 관찰했는지 모르겠다. 만약 그랬다면, 아마 이전에 그것에 그려져 있던 하얀 발굽과 뿔이 이제 제거되었다는 것에 주목했을 테다. 그것은 이제부터 무늬가 없는 녹색 깃발이 될 것이다.

자신은 필킹턴 씨의 탁월하고 우호적인 연설에 대해 단지 한 가지 흠을 잡을 게 있다, 고 그는 말했다. 필킹턴 씨는 내내 '동물농장'이라고 언급했었다. 그는 물론 알 수 없었을 것이다―나폴레옹, 그 자신조차, 지금 처음으로 발표하고 있는 중이니―'동물농장'이라는 그 이름은 폐기되었다. 오늘 이후로 농장은 '장원농장'으로 알려질 것이며 그것이 정확한 원래 이름이라고 자신은 믿는다.

"신사 여러분," 나폴레옹이 끝을 맺었다. "앞서처럼 같은 건배를 제의하겠지만, 다른 형태입니다. 여러분들의 잔을 가득 채우십시오. 신사 여러분, 내 건배사는 이겁니다. 장원농장의 번영을 위하여!"

이전과 같은 열렬한 환호성이 있었고, 머그잔들은 바닥까지 비워졌다. 그렇지만 동물들이 밖에서 그 광경을 바라보았을 때, 어떤 이상한 일이 벌어지고 있는 것처럼 여겨졌다. 돼지들의 얼굴이 달라지게 하는 것은 무엇일까? 클로버의 노쇠한 흐릿한 눈은 한 얼굴에서 다른 얼굴로 날아갔다. 그들 중 일부는 턱이 다섯이었고, 일부는 셋, 일부는 넷이었다. 그렇지만 녹아내리고 변화하고 있는 중이라고 여겨진 건 무엇일까? 그때, 박수갈채가 끝나자, 동료들은 자신들의 카드를 집어 들었고 중단했었던 게임을 계속했고, 동물들은 조용히 빠져나갔다.

그렇지만 그들은 20야드를 못가서 그 자리에 멈추었다. 소란스러운 목소리들이 농가로부터 나오고 있었다. 그들은 되돌아 달려갔고 다시 창문을 통해 보았다. 그랬다, 격렬한 싸움이 진행 중이었다. 고함 소리, 테이블 두드리기, 서로를 불신하는 날카로운 시선들, 격앙된 부정이 있었다. 문제의 근원은 나폴레옹과 필킹턴 씨가 동시에 스페이드 에이스를 쥐고 게임을 하고 있는 것이 드러나면서였다.

열두 목소리가 화가 나 소리치고 있었고, 그것들은 전부 똑같았다. 이제, 돼지들의 얼굴에 무슨 일이 일어났는지, 의심의 여지가 없었다. 바깥의 조물들은 돼지에서 사람으로, 사람에서 돼지로, 다시 돼지에서 사람으로 시선을 옮겨가며 바라보았다. 그렇지만 이미 어느 것이 어느 것이라고 말하는 것은 불가능했다.

Ü

나는 왜 쓰는가
WHY I WRITE

조지 오웰
George Orwell

아주 이른 나이인, 아마 대여섯 살 때부터, 나는 자라면 작가가 되리라는 걸 알고 있었다. 열일곱 살에서 스물네 살 사이에 나는 그런 생각을 떨쳐버리려 애썼지만, 그것은 내 천성을 어기는 것이기에 조만간 나는 자리를 잡고 책을 써야만 한다는 것을 의식하고 있었다.

나는 세 아이 중 중간이었지만, 양쪽 모두 5년의 차이가 있었고, 내가 여덟 살이 되기 전에는 아버지를 본 적도 거의 없었다. 이것과 그 밖의 이유들로 나는 얼마간 외로웠고, 곧 무뚝뚝한 성격이 형성되었으며 그것은 나를 학교생활 내내 인기 없는 아이로 만들었다. 나는 이야기를 꾸며내고 상상 속 인물들과 대화를 나누는 외로운 아이의 버릇을 가지고 있었고, 바로 그 시작부터 내 문학적 야망은 고립되고 저평가되었다는 느낌과 뒤섞여 있었다는 생각이 든다. 나는 언어를 다루는 재주와 불편한 사실을 직시하는 힘을 가지고 있다는 것을 알았고, 이것이 내가 일상의 실패에 대해 내 자신을 되찾을 수 있었던 일종의 사적인 세계를 창조해내었던 것이라고 느껴졌다. 그럼에도 불구하고 내 어린 시절과 소년 시절을 통틀어 진지하게-즉 진지한 의도로- 만들어낸 글쓰기의 양은 여섯 페이지 남짓에 지나지 않았다. 나는 네다섯 살에 첫 시를 지었고, 엄마는 그것을 받아 적었다. 그것은 호랑이에 관해서였고 그 호랑이는 '의자 같은 이빨'을 가지고 있었다는 것을 제외하고는 그에 관해 어떤 것도 기억할 수 없다-충분히 멋진 구절이었지만, 그 시는 블레이크의 〈호랑이, 호랑이〉라는 시의 표절이었을 거라는 생각이 든다. 1914~18년 전쟁이 발발한, 열한 살 때, 나는 2년 후, 다른 것들처럼, 지역신문에 실린, 키치너의 죽음에 대한 애국시를 썼다. 조금 나이가 들었을 때, 이따금, 조지아 시대 문체로 형편없고 대체로 끝내지 못한 '자연시'를 썼다. 나는 또한, 두 번쯤, 끔찍하게 실패한 짧은 이야기를 시도했었다. 그것이 내가 실제로 그 모든 해 동안 종이 위에 적었던, 진지하고자 했던 작업의 전부였다.

하지만, 이 시기 내내 나는 어떤 의미에서 문학적 행위에 참여하고 있었다. 처음에는 주문 제작품이 있었는데 나는 그것을 빠르고, 쉽게, 그리고 스스로에게는 큰 즐거움 없이 만들어냈다. 학교 공부와는 별도로, 나는 지금 생각해도 놀라울 정도의 속도로 행사 음악 같은 반 희극시를 썼고-열네 살 때 나는 아리스토파네스를 모방한, 전체 운문극을, 약 일주일 만에 써냈다-학교 잡지 편집 일을, 인쇄와 원고 둘 다를 도왔다. 그 잡지들은 사람들이 상상할 수 있는 것처럼 가장 조악하고 통속적이었고, 지금의 싸구려 저널리즘에 비하면 그나마 덜 애를 먹이기는 했었다. 그렇지만 이 모든 것과 나란히, 15년 혹은 그 이상을, 나는 완전히 다른 종류의 문학적 훈련을 수행하고 있었다. 나 자신에 관한, 단지 마음속에 존재하는 일종의 일기 같은 연속적인 '이야기'를 만들어가고 있던 것이다. 나는 이것이 어린이와 청소년의 공통된 습관이라고 믿는다. 아주 작은 아이였을 때 나는 말하자면 로빈후드가 되는 상상을 하고 스릴 넘치는 모험담의 영웅으로 나 자신을 그려보곤 했지만, 곧 머지않아 내 '이야기'는 조잡한 방식으로 자기도취에 빠져 그만두게 되었고 점점 더 다만 내가 하고 있고, 보고 있는 것에 대해 묘사하게 되었다. 한 번에 몇 분간 이런 종류의 것이 머릿속을 스치고 지나가곤 했었다. '그는 문을 밀고 방 안으로 들어갔다. 노란빛의 광선이, 모슬린 커튼을 통과해 들어와서는, 반쯤 열린 성냥갑과, 잉크병이 옆에 놓여 있는 테이블 위로 기울고 있었다. 오른손을 호주머니에 넣은 채 그는 창문으로 건너갔다. 길 아래 얼룩 고양이 한 마리가 떨어진 나뭇잎 하나를 쫓고 있었다.' 등등. 이러한 습관은 스물다섯 살 무렵까지, 내 비문학적 시절 내내 계속되었다. 비록 내가 적절한 단어를 찾아야만 했고, 찾았음에도, 이 묘사하려는 노력은 거의 내 의지에 반해 일종의 외부적 강박하에 만들어지고 있는 것 같았다. 짐작건대, 그 이야기는 틀림없이 다른 시대에 내가 찬미했던 다양한 작가들의 문체가 영향을 끼쳤을 테지만, 내가 기억하는 한 그것은 항상 어떤 섬세한 묘사의 특성을 가지고 있었다.

열여섯 살 무렵 나는 갑자기 단지 단어들의 즐거움에 대해 발견했었다. 즉, 단어의 소리와 연관성에 대해. 〈실낙원〉의 구절들은―

그리하여 그는 곤경과 고된 노동으로
나아갔다; 곤경과 그의 노동으로.

지금은 그렇듯 매우 훌륭하게 여겨지지는 않았지만, 가슴이 떨리게 했다. 또한 'he'에 대한 철자가 'hee'로 쓰여 있는 것도 부가적 즐거움이었다. 사물 묘사의 필요성에 관해서라면, 나는 이미 완전히 알고 있었다. 그리하여 내가 그 당시 책을 쓰기를 원했다고 말할 수 있는 한, 쓰고 싶었던 책이 어떤 종류의 책들인지는 명백했다. 나는 상세한 묘사와 매력적인 직유가 가득하고, 단어들이 부분적으로는 자신들의 소리를 위해 사용되는 미사어구가 가득한, 불행한 결말의 거대한 자연주의 소설을 쓰고 싶었다. 그리고 사실 내 첫 번째 완성 소설, 서른 살에 썼지만 훨씬 일찍 기획했던, 『버마의 나날들』은 오히려 그런 종류의 책이다.

내가 이 모든 배경 정보를 밝히는 것은 작가의 초기 성장 과정을 모르고서는, 동기를 가늠할 수 없을 거로 여겨지기 때문이다. 다루는 주제는 자신이 살고 있는 시대에 의해 결정될 테지만—적어도 우리처럼 격동적이고 혁명적인 시대 내에서는 그게 진실이다—쓰기를 시작하기 전에 그는 이미 완전히 벗어날 수 없을 감정적 태도를 획득했을 테다. 자신의 기질을 단련하고 얼마간의 미숙 단계, 또는 비뚤어진 분위기에 갇히는 것을 피하는 것은 의심의 여지 없이, 그의 일이다. 그렇지만 만약 그가 초기의 영향에서 전적으로 벗어난다면, 자신의 쓰고자 하는 욕망을 죽이는 게 될 테다. 생활비를 벌어야 할 필요성은 차치하고, 내 생각에 글을 쓰는 데는, 어쨌든 산문을 쓰는 데는 네 가지 커다란 동기가 있다. 그것들은 모든 작가들에게 다른 정도로 존재하고, 어느 작가나 그 비중은 자신이 살고 있는 분위기에 따라서 이따금 바뀐다. 다음이다.

1. 순전한 자기중심주의. 영리해 보이고 싶고, 말해지고 싶고, 죽은 뒤 기억되고 싶고, 어린 시절 자신을 무시했던 어른에게 복수하고자 하는 욕망 등등. 그것이 동기가 아니라고, 강한 척하는 것은 사기이다. 작가들은 이 특질을 과학자, 예술가, 정치가, 법률가, 군인, 성공한 사업가와 공유한다—한마디로 인류의 상층부 전체와 공유하는 것이다. 인간 대다수가 극도로 이기적이지는 않다. 약 서른 살 이후 그들은 개인적 야망은 포기하고—실제로 많은 경우, 그들은 거의 개인적 존재감을 아무튼 포기한다—주로 타인을 위해 살거나, 또는 힘들고 단조로운 일 아래 단순히 억제하고 산다. 그렇지만 거기에는 또한 천부적인 재능을 타고난 소수의, 끝까지 자신의 삶을 살기로 단단히 결심한 외고집의 사람들이 있고, 작가들은 이 부류에 속한다. 진지한 작가는, 비록 돈에 대한 관심은 적더라도, 저널리스트보다 훨씬 더 자만심이 강하고 자기중심적이다.

2. 심미적 열정. 외부 세계의 아름다움에 대한 자각, 또는, 다른 한편, 단어들과 그들의 올바른 배열에 대한 인식. 하나의 소리가 다른 소리에 끼치는 영향, 좋은 산문의 견고함이나 좋은 단편 소설의 운율 형식에 대한 즐거움. 가치 있고 놓치고 싶지 않은 느낌에 대한 경험을 공유하고자 하는 욕망. 심미적 동기는 많은 작가들에게 아주 미미하지만, 팸플릿이나 교

과서 저자조차 실용적인 이유를 떠나, 특별히 애착을 지니는 단어나 문구를 갖게 한다. 또는 활자체나, 여백의 폭 등등에 대해 예민하게 느낄 수도 있다. 철도 안내서 수준 이상이라면, 미학적 고려사항으로부터 완전히 자유로울 수 있는 책은 한 권도 없다.

3. 역사적 충동. 존재하는 그대로 사물을 보고, 진정한 사실을 발견하고 그것들을 후세를 위해 비축해두려는 욕망.

4. 정치적 목적-'정치적'이라는 말을 가능한 한 넓은 의미에서 사용함. 세계를 특정 방향으로 밀고 가려는, 실현시키려 노력하는 사회의 종류에 대한 다른 사람들의 사고를 바꾸고자 하는 욕망. 한 번 더 말하지만, 정치적 성향으로부터 진정으로 자유로운 책은 없다. 예술은 정치와 무관해야 한다는 견해도 그 자체가 정치적 태도이다.

이 다양한 충동들이 어떻게 서로 맞서 싸우고, 그것들이 어떻게 사람마다 시대마다 달라져야 하는지를 알 수 있다. 천성적으로-'천성'을 처음 성인이 되었을 때 획득한 상태로 보면서-나는 앞선 세 가지 동기들이 네 번째 동기보다 더 큰 사람이다. 평화로운 시대였다면 나는 매우 수사적인 또는 단지 묘사적인 책들만 썼을는지도 모르고, 내 정치적 정절이 거의 드러나지 않은 채 남겨졌을는지도 모른다. 그것은 나로

하여금 일종의 팸플릿 작가가 되도록 강요했었다. 처음에 나는 맞지 않는 직업(버마내, 인도 제국 경찰)으로 5년을 소비했고, 그러고는 가난과 실패감을 경험했다. 이것이 권위에 대한 내 천성적 증오를 증가시켜 나를 처음으로 노동 계급의 존재에 대해 완전히 자각하게 만들었고, 버마에서의 일은 제국주의의 본질에 대한 이해를 가져다주었다. 그렇지만 이 경험들이 내게 정확한 정치적 지향을 충분히 가져다 준 것은 아니었다. 그때 히틀러가 나오고, 스페인 내전 등이 일어났다. 1935년 말에 나는 여전히 확고한 결정에 도달하기에 실패하고 있었다. 나는 그 날짜에 썼던 내 갈등을 표현한 짧은 시 한 편을 기억한다.

내가 되었을지도 모를 행복한 목사
200년 전이었다면,
영원한 최후의 심판에 대해 설교하고
내 호두나무가 자라는 걸 지켜보기 위해

그러나, 아아, 불운한 시대에 태어나,
나는 즐거운 안식처를 그리워했고,
내 윗입술로 수염이 자랐으므로
성직자는 모두 깔끔히 면도를 하고

그리고 이후 여전히 그 시간들은 좋았고,
우리는 너무 쉽게 즐거웠고
잠자던 우리의 불안한 생각들을 달랬었지.
나무들 가슴 위에서.

우리가 감히 소유했던 모든 무지막지함
우리가 이제 시치미 떼는 그 즐거움들
사과나무 가지 위에 방울새
나의 적들을 떨게 만들 터라고.

하지만 소녀의 배와 살구들,
응달진 개울의 잉어들,
말들, 새벽에 나는 오리들,
이 모든 것들이 꿈이다.

다시 꿈을 꾸는 것은 금해졌고;
우리는 우리의 즐거움을 불구로 만들거나 혹은 숨긴다;
말들은 크롬 강철로 만들어지고
작고 살찐 사람들이 그들을 타고 다닐 테다.

나는 결코 뒤집힌 적 없는 벌레

하렘 없는 거세 남.

성직자와 공산당 인민 위원 사이에서

나는 유진 아람처럼 걷고 있다;

공산당 인민 위원은 내 부를 말해주고

라디오가 틀어 있는 동안.

하지만 성직자는 오스틴 세븐 차를 보장해주지,

더기가 언제나 지불하니까.

나는 대리석 홀에서 사는 것을 꿈꿨고,

깨어나 보니 실화였네.

나는 이 같은 시대를 위해 태어난 게 아니었어.

스미스는? 존스는? 당신은?

1936~1937년 스페인 내전과 다른 사건들이 그 규모를 바
꾸어놓았고 그 후로 나는 내가 서 있는 위치를 알았다. 1936
년 이후 내가 썼던 진지한 작품들의 모든 행이, 직간접적으
로, 전체주의에 '반대하고' 내가 이해하는 한에서의 민주적
사회주의를 '위해서' 쓰여졌다. 오늘 같은 시대에, 그런 주제에
관해 쓰는 것을 피할 수 있다고 생각하는 자체가 터무니없다

고 여겨졌다. 모든 작가들이 이렇게 저렇게 그것들에 대해 쓴다. 단지 어느 쪽을 택하고 어떻게 접근할 것이냐의 문제이다. 또한 자신의 정치적 성향을 자각할수록, 심미적이고 지적인 완결성을 희생하는 법 없이 정치적으로 행동할 더 많은 기회를 갖는다.

지난 10년 동안 내가 가장 원했던 것은 정치적 글쓰기를 예술로 승화시키는 것이었다. 내 시작점은 항상 당파심에 대한 태도와 부당함에 대한 감정이었다. 내가 책을 쓰기 위해 앉았을 때, 내 자신에게 '나는 예술 작품을 생산할 예정이다.'라고 말하지 않았다. 나는 거기에 드러내고 싶은 어떤 거짓말이 있거나, 주의를 끌고 싶은 어떤 사실이 있을 때 쓰는 것이기에, 내 처음의 관심사는 설명할 기회를 얻는 데 있었다. 그렇지만 만약 그것이 또한 심미적 경험이 아니었다면, 나는 책을 쓰는 일이나, 혹은 심지어 긴 잡지 기사조차 쓸 수 없었을 것이다. 누구라도 내 작업을 검토하는 데 주의를 기울인다면, 심지어 노골적인 선전물일 때조차 전문 정치인이라면 부적절하다고 여길, 많은 것을 포함하고 있다는 것을 알게 될 것이다. 나는 내가 어린 시절 습득한 세계관을 완전히 포기할 수도 없고, 하고 싶지도 않다. 내가 살아 있고 건강한 한 나는 산문 양식에 대해 강경한 입장을 가질 테고, 지구의 외면을 사랑하고, 굳어 있는 대상과 쓸모없는 정보 나부랭이에도 즐거움을 갖는 일을 계속할 것이다. 내 자신의 그런 면을 억누르려 애쓰는 것은 소용없는 짓이다. 그 일은 내 뿌리 깊은 호불호를, 이 시대가 우리 모두에게 강요한 근본적으로 공적이고 비개인적인 행위들과 조화시키는 것이다.

그것은 쉽지 않다. 그것은 구성과 언어에 대한 문제를 불러일으키고, 새로운 방식에 있어 참됨에 대한 문제를 불러일으킨다. 그것들로 인해 발생하는 있는 그대로의 적당한 예 하나를 들자. 스페인 내전에 관한 내 책, 『카탈로니아 찬가』는 물론 솔직히 말하면 정치적 책이다. 그렇지만 대체로 그것은 어느 정도 객관성과 형식을 고려한 바탕하에 쓰여졌다. 나는 내 문학적 본능을 훼손하지 않으면서 진실 전체를 말하기 위해 매우 힘들게 노력했었다. 그러나 다른 것들 사이에 신문기사 인용과 그 같은 것으로 가득찬, 프랑크와 음모를 꾸몄다는 혐의가 제기된 트로츠키를 옹호하는, 긴 장이 포함되었다. 명백히 그런 장은, 일 년 혹은 이 년 후면 다른 보통 독자들에게 흥미를 잃게 할 테고, 그 책을 망칠 게 틀림없었다. 내가 존경하는 비평가 한 분은 내게 그에 대해 훈계를 읊어대셨다. '왜 그런 걸 전부 넣은 건가?' 그분은 말했다. '자넨 훌륭한 책일 수 있었던 것을 저널리즘으로 바꾸어버린 거네.' 그가 말한 것은 진실이었지만, 나는 그 밖에 다른 방법으로는 할 수 없었다. 나는 우연히 영국의 극소수 사람들만이 알도록 허가된 것, 무고한 사람이 잘못된 혐의를 받고 있다는 것을 알게 되었다. 만약 내가 그것에 대해 화가 나지 않았었다면 나는 결코 그 책을 쓰지도 않았을 것이다.

어떤 형태로든 이 문제는 다시 언급된다. 언어의 문제는 미묘해서 논하자면 더 오래 걸릴 테다. 나는 단지 최근 몇 년간 덜 회화적이라도 더 정확하게 쓰려 애썼다고 말할 것이다. 어쨌든 나는 어떤 방식의 글쓰기든 그것을 끝마칠 때쯤이면, 언제나 그것을 넘어서 있다는 것을 알아챘다. 『동물농장』은 내가 하고 있는 일을 완전히 의식하면서, 정치적 목적과 예술적 목적을 하나로 융합시키려 애썼던 첫 번째 책이다. 나는 7년간 어떤 소설도 쓰지 못했지만, 정말이지 조만간 다른 소설을 쓰기를 희망한다. 그것은 실패작일 가능성이 크고, 모든 책이 실패작일 테지만, 나는 내가 쓰기를 원하는 책이 어떤 종류의 것인지는 명확히 알고 있다.

마지막 한두 페이지로 돌아가 보니, 마치 내 글쓰기의 동기가 전적으로 공공심에 있었다고 보여지게 만들었다는 것을 알겠다. 나는 그것이 마지막 인상으로 남겨지기를 원치 않는다. 모든 작가들은 자만심이 강하고, 이기적이고, 게으르고, 그들의 동기의 밑바닥에는 수수께끼가 놓여 있다. 책을 쓰는 일은 고통스러운 질병의 긴 병치레처럼 끔찍하고, 기진맥진하게 만드는 투쟁이다. 만약 저항할 수도 이해할 수도 없는 어떤 악마에 의해 쫓기지 않는다면, 결코 누구도 그런 일에 뛰어들지 않을 것이다. 그 악마는 그야말로 아기가 주의를 끌기 위해 소리 내어 울어대는 것과 같은 본능이라는 것을 모든 사람들은 알고 있다. 그럼에도 또한 자신의 개성을 지우기 위해 끊임없이 고투하지 않는 한 읽을 만한 것을 쓸 수 없다는 것도 사실이다. 좋은 산문은 창유리와 같다. 나는 가장 강한 내 동기가 어떤 것이라고 확실하게 말할 수는 없지만, 그중 어느 것을 따라야 마땅한 것인지는 알고 있다. 또한 내 작업을 죽 돌아보면서, 나는 내가 정치적 목적이 부족했던 곳에서는 언제나 생명력 없는 책을 쓰면서 속아서 미사어구로 된 구절과, 의미 없는 문장, 장식용 형용사를 썼고 협잡꾼처럼 굴었다는 것을 알았다.

작가 소개

조지 오웰

George Orwell, 1903. 6. 25. ~ 1950. 1. 21.

조지 오웰은 1903년 6월 25일 인도 벵골의 모티하리에서 에릭 아서 블레어라는 이름으로 태어났다. 네팔 국경에 있던 모티하리는 생산성 높은 아편을 재배하던 곳으로, 그의 아버지 리처드 블레어는 그곳에서 영국 아편국 직원으로 일했다. 아편 재배를 감시하는 자리가 아니라 영국이 오랫동안 독점을 누려 왔던 제품에 대한 품질 관리를 감독하는 일이었다. 이후, 어린 에릭은 그의 어머니, 여동생과 함께 영국으로 돌아온다. 교육 문제로 보인다.

1917. 웰링턴 칼리지에 입학하고, 그해 이튼스쿨로 전학했다.

1922. 이튼스쿨 졸업 후, 인도 식민지 정부의 경찰관으로 지원해 근무했다.

1927. 24세의 나이로 하급 장교로서 퇴직하고 새로운 길을 걷는다.

1928. 파리로 건너가 막일을 하며 밑바닥 생활을 경험하기 시작했다.

1929. 폐렴으로 파리의 극빈자병원 신세를 지고, 접시닦이 등으로 생계를 유지하다 그해 말 영국으로 돌아왔다.

1931. 8월 본명 '에릭 블레어'로 소잡지에 에세이를 발표했다.

1933. '조지 오웰'이라는 필명으로 『파리와 런던의 노숙자 신세』를 출간했다.

1934. 첫 소설 『버마 시절』이 미국 뉴욕 하퍼출판사에서 발간되었다.

1935. 두 번째 소설 『목사의 딸』이 출간되었다.

1936. 『엽란의 비행을 유지하라』 출간. 6월, 아일린 모드 오쇼네시와 결혼했다. 12월 스페인 내전이 발발하자 나치 지지 파시스트에 맞서 싸우기 위해 스페인으로 갔다. 그는 그곳에서 '진짜와 가짜 반파시즘의 차이를 알게 되었

다.'고 고백한다. 10년 뒤 그때 상황을 조지 오웰은 이렇게 기록하고 있다. "1936~1937년에 일어난 스페인 전쟁과 다른 사건들은 내가 서 있는 곳이 어디인지를 이해하게 했다. 내가 1936년부터 쓴 작품들의 모든 구절은 직접적이든 간접적이든, 전체주의에 반대하고, 민주사회주의를 찬성하는 것으로 쓰여 왔다."

1937. 전투에서 부상 후 스페인을 떠났다. 『위건 부두로 가는 길』이 출간되었다.

1938. 스페인 내전을 다룬 『카탈로니아 찬가』가 출간되었다.

1939. 아버지 사망. 『한숨 돌리다』가 출간되었다.

1940. BBC에 입사했다.

1943. BBC 퇴사. 노동당 주간지 <트리뷰> 문학 편집자로 근무했다.

1945. 아내 아일린이 사망했고, 아들(리차드 호레이쇼 블레어)을 입양했다. 이후 8월에 공산주의 국가인 소련을 풍자한 우화소설 『동물농장』이 출간되었다. 『동물농장』 출간은 처음으로 조지 오웰에게 나름의 경제적 안정을 가져다주었다.

1947. 병이 재발한 가운데 그의 마지막 작품인 『1984』 초고를 완성했다.

1949. 요양원과 병원 생활 중 『1984』가 출간되었다. 『1984』에 대해 작가 '토머스 핀천'은 이렇게 평한다.

"『1984』는 어떤 면에서 『동물농장』의 성공에 대한 희생양이 되어 왔다. 대부분의 사람들이 러시아 혁명의 암울한 운명에 대한 복잡하지 않은 풍자로 읽는 것에 만족했던 것이다. 빅 브라더의 콧수염이 두 번째 단락에 등장하는 순간부터, 많은 독자들은, 곧바로 스탈린을 떠올리면서, 앞선 작품으로부터 하나하나 비교해 유추해 가는 경향이 있었다. 비록 빅 브라더의 얼굴은 확실히 스탈린의 얼굴이었지만, 경멸받는 당의 이단자 이매뉴얼 골드스타인의 얼굴이 트로츠키의 얼굴인지는 확실치 않아서, 두 사람은 『동물농장』의 나폴레옹과 스노우볼처럼 깔끔하게 연결되지는 않았다. 이것이 그 책을 일종의 반공주의 트랙으로 미국 시장에서 판매되는 것을 막지는 못했다. '공산주의'가 공식적으로 획일적이고 자유가 없는, 세계적 위협으로 경원시되던, 매카시 시대인 1949년 출간되었고, 더군다나 양치기들이 늑대를 알아보도록 양을 가르치는 것만큼이나 스탈린과 트로츠키를 구별하는 것은 큰 의미가 없었던 것이다."

1950. 1월 21일 조지 오웰은 끝내 폐결핵으로 사망했다.